安太座 下

文創風 915

月小檀 著

目錄

第十一章

男人見槿嫿出來了，吐了一口痰，張嘴就罵道：「你們這破店賣的什麼破玩意兒，爺的女人用了你們的東西，臉都毀了。破店！操你娘的破店！操你娘的奸商！」

那些到店裡買東西的女客，此時要不躲開，要不離開，只有幾個膽大的還敢待在一旁默聲圍觀。

槿嫿鎮定地走上前來，客氣地對男人道：「我是這兒的掌櫃，這位客官有什麼事儘管和我說，別嚇到了這些姑娘。」

「呵！爺找的就是妳。」男人用力地把女人扯到了槿嫿面前，指著女人的臉道：「好好瞪大妳的一雙狗眼看看，爺的女人原本長得跟朵花似的，用了妳這黑店的玉容膏，現在醜得跟癩蝦蟆一樣。」

他這話還沒說完，門外就已圍過來了不少人。

槿嫿料他是故意來找碴的，不卑不亢道：「這位客官說話可得有憑證，我家的玉容膏賣了這麼長時間，有口皆碑，還從未出現像貴夫人臉上這樣的情況。」

「憑證？爺女人的臉就是憑證，難不成這臉還是假的？」男人又噴著口水道。

槿嬗瞅了瞅那女人的臉，的確不像是妝扮上去的。

男人看向了圍觀的人，像展示什麼寶貝一樣，掐著女人的臉忽左忽右，大聲嚷嚷道：「大夥瞅瞅，都瞅瞅，我女人的臉用了這店裡的東西全毀了。」

圍觀的人見那女人臉腫得厲害，有同情的，有害怕的，有猜疑的，也有不以為然的。

正眾說紛紜中，一個圍觀的女人挺身站了出來，尖著嗓子道：「我之前也用過這家店的東西，塗完後臉又紅又癢的，當時還以為是我吃錯了東西，敢情是這家店的貨當真有問題。」

「原來還有人跟我一樣，我也是用了後發癢來著，只是看見別人用了沒事，一直沒往心裡去。」又有一個女人道。

這兩個女人煞有介事地說完後，輿論的風向瞬間一邊倒。

不僅有人開始大聲指責槿嬗賣害人的東西，更有人大義凜然地跳出來，說要幫那男人和女人討回公道，砸了槿嬗的黑店。

男人見自己占了上風，洋洋得意地對槿嬗道：「聽聽，可不止爺一個人說妳這家店的貨有問題，今天妳要不給爺一個交代，爺跟妳沒完！」

槿嬗見狀，心裡更加確定她是被人算計了，剛才說話的那兩個女人八成也是他的同夥。

而那些圍觀的百姓，都是看熱鬧的不嫌事大，又容易受人煽動，「美人妝」乍然崛起，眼紅的人不少，裡邊保不準還有同行想乘機落井下石。

槿嫿的心怦怦亂跳，手心也開始冒冷汗，但她知道她若表現出「怕」來，那些想看笑話的人只會更加得意，她豈能遂了他們的意？

她強作鎮定地對那流氓道：「你想要什麼交代？」

「賠錢！」

回答得這麼乾脆，果然是有備而來。

槿嫿冷笑。「多少？」

「一千兩銀子。」說完，那男人眼裡閃過了一絲狡黠和陰狠。

槿嫿聽到那流氓說要一千兩，瞥了一眼他身邊的女人，笑道：「這位爺就算想訛錢，也該有個限度，一千兩，按現今的行情，就算是把這姑娘剝光賣掉，也不超過六十兩吧。」

那流氓頗有些惱羞成怒地道：「操你娘的奸商，爺怎麼訛妳了？爺這些年供她吃、供她喝、供她穿不用錢嗎？如今臉成這樣了，叫人怎下得了嘴，一千兩是便宜妳了。」

槿嫿又是一陣冷笑，毫不退卻道：「我棠槿嫿向來不惹事，但也不是個怕事的。玉容膏自上架後賣出沒有十幾萬份，也有個幾萬份，要是這香膏真有問題，我這店早關了，哪輪得到你上門討要說法？」

她厲眼掃在了那流氓還有適才說話的那兩個女人臉上，一字一字道：「你以為找幾個人演這麼一齣戲，又搧風、又點火的，我就會怕了，就會把錢掏出來？趁早死了這分心，我棠槿嫿不吃這一套。」

「好個不見棺材不落淚，老子管妳是糖還是鹽，今天妳要不把錢拿出來，老子就砸了妳的『美人妝』。」

那流氓說著，捲起了袖子，作勢就要砸貨架上的貨品。

「好，有種你就砸，我就坐在這兒看著你砸！」槿嫿說著拉著一張椅子甩手坐了下來。「但我得提醒你一句，你只要敢動手，我就立馬叫人去報官，我倒要看看進了衙門，在王法面前，你這個『老子』有多『老子』！」槿嫿說完，朝站在一旁的阿福使了個眼色。

那流氓聽到槿嫿說要報官，眼一瞇，心一橫，還是抓起了木架上的白瓷盒往地上砸去。

「千人操的奸商，老子砸了妳這爛臉的東西是給百姓除害，縣太爺見了只會誇我！」

那流氓叫嚷著，表情愈發猙獰，伸手又砸掉了好幾盒胭脂，不一會兒，地上便是一堆破碎的瓷片和散落的紅色脂粉。

阿福已偷偷地溜出去報官。

槿嫿往地上看了看，又是氣憤、又是心疼，這些都是她的心血，是她一點一點置起來的。

她示意另外兩個男夥計上前去制止那流氓的行動，但那兩個細胳膊細腿的夥計哪是這個流氓的對手，非但制不住流氓，反而被那流氓推到了牆上、架子上。

實木做的長架子受了重擊，大幅度地晃蕩了一下，大有要倒的趨勢。

架子若倒了，滿架的貨保不住是一回事，傷到人可就太罪過了。

槿嫿下意識地衝過去扶。

流氓見她過來扶，更用力地一腳踹在架子上，放在架子邊緣的貨因為傾斜，「砰」地墜在了地上，摔得個個粉碎。

槿嫿在這一瞬間已顧不得心疼，她腦海裡只有一個念頭——不能讓架子倒了。她甚至沒來得及想到，架子若這般倒下來，第一個砸中的人一定就是她。

就在這危急緊要的關頭，得到消息的穆子訓和宋承先趕來了。

他們一個箭步衝了上去，把架子扶正了。

那個流氓見來了兩個男人，心裡有些虛，這心一虛，說話聲音便更大更囂張。

「爺的女人用了這家店的東西臉都爛了，這個賤女人，十八里街最大的奸商還敢反咬爺一口，爺今天就要替天行道，為民除害！」

「一個大男人欺負一個女人算什麼東西？」

宋承先轉身打量了一下眼前這個流氓，忽發出一聲冷笑。「嘖嘖！這不是陸爺嗎？」

「你認識他？」槿嫿扶著腰道。

剛才那一扶，她的腰似是閃到了，很不舒服。

「陸爺可是老江湖了，能請到陸爺親自出馬，看來是個大主顧。」宋承先似笑非笑地說著。

有點腦子的人都聽得出宋承先是在暗示這位「陸爺」是被人收買了，特意跑到「美人妝」來鬧事的。

那流氓也認出了宋承先，只是沒料到宋承先會出現在這裡，更沒料到宋承先會把他的老底抖出來。

眼睛一轉，他乾脆死咬宋承先是在胡說八道，還故意挑撥道：「堂堂知安堂的少東家原來是這女奸商的姘頭，人家親老公都還沒急，你倒比他急。」

「瞎了你的狗眼！這是我家娘子的義兄、我的義舅，容得你在這滿嘴噴糞。」穆子訓破口大罵。

他今天到宋承先店裡去小坐，兩人還沒說上幾句話，有個夥計跑進來道，說是「美人妝」門口圍了好多人，似是出了什麼事。

穆子訓一聽這還得了，趕緊和宋承先趕了過來。

那流氓怎會想到宋承先和槿嫿之間還有這麼一層關係，一下子不知如何還嘴了，便又開始嚷嚷「美人妝」店大欺客，出了事只會仗著人多欺負人。

他嚷嚷著、嚷嚷著，衙門接到報案，派人來了。

那流氓見官差遠遠地往這邊走來，前一刻還理直氣壯地說要和槿嫿對簿公堂，在縣太爺面前評出個理來，後一刻卻拉了那爛臉的女人，逃也似地跳窗走了。

離開前他惡意地推了槿嫿一把，害得槿嫿為了躲他那一推，向後一閃，跌到了地上。

然後他和那爛臉的女人跳窗逃走時，也把槿嫿擺在窗下茶桌上上好的紫砂茶壺和茶杯踏碎了。

「美人妝」今日損失慘重，槿嫿的心都在滴血。

「娘子！」穆子訓扶起了槿嫿，恨自己剛才走了神，沒及時阻止那流氓推槿嫿。

槿嫿站了起來，見流氓一下子跑得沒了影子，顧不上身子疼，指著窗口的方向大罵。「狗娘養的，有種別跑呀！」

她平日裡甚少罵「娘」，這會兒吐了一句髒，心裡倒痛快——有些人就是活該被人問候「娘」的。

槿嫿出了一口惡氣，扭過頭來，見圍觀的人還未散去，正指指點點地說些什麼。她拍了下身上的灰塵，正色道：「各位街坊鄰居，各位貴客可都看見了，這流氓就是想訛錢的，見官差來了便一溜煙跑了，明擺著作賊心虛。我棠槿嫿在這兒向大家保證，我們『美人妝』的貨絕對是沒有問題的，大家盡可放心購買使用。要是誰動什麼歪心思，『美人妝』也不怕事，縣衙府內自有公道。」

適才那幾個替流氓幫腔的，似是被槿嫿的氣勢嚇到了，都畏畏縮縮地從人群裡逃出去了。

官差來了，圍觀的人漸漸散了。

店裡被流氓弄得一團糟，這一日的生意是做不下去了。

穆子訓去招待官差，宋承先則替槿嫿招呼夥計們清理店鋪。

槿嫿走到了那兩個被流氓打傷的夥計面前道：「你們兩個傷在哪兒了？我尋個大夫給你們瞧瞧。」

「不煩勞夫人了，只是些皮外傷。」一個夥計道。

「是，不打緊的，塗些藥酒就好了。」另一個夥計也道。

「這怎麼行呢！這臉還在流血呢！」槿嫿皺了皺眉，堅持要小菊去請大夫。

這附近便有位姓吳的大夫，不消多時，吳大夫便提著診箱來了。

吳大夫先給兩位夥計看了傷，說好在只傷到了皮肉，沒傷到內裡，堅持塗上半個月的藥，傷口就會好得差不多了。

此時，穆子訓送走官差進來了，見槿嫿把手伸到腹部揉了兩下，神色有些不自在，攔住了正要回去的吳大夫道：「大夫，我家娘子剛才跌了好大一跤，你也給她看看。」

「我沒事，就是氣得有些胃疼，剛才又閃了下腰，明兒就好了。」槿嫿道。

她素日裡若氣極了，或者緊張起來，胃就容易不舒服，想來也是小事，自認是不必看大夫的。

穆子訓卻堅決地道：「都把吳大夫請來了，就順道看看吧！我瞧娘子的臉色也不大好。」

「是嗎？都是那潑皮流氓氣的，害得我到現在氣都還順不過來。」槿嫿一想起讓那流氓逃了，不只氣得胃疼，呼吸不暢，連頭都痛了起來。

「夫人請坐吧！我先給妳把把脈。」吳大夫道。

槿嫿只好在穆子訓的攙扶下坐了下來，伸出左手給大夫搭脈。

大夫搭了左手，又搭了右手，沈著地道：「倒無甚大礙，就是有些動了胎氣，我給夫人開幾帖養胎安神的藥，吃下去便好了。」

「有勞大夫了……」槿嫿下意識地應著，見穆子訓站在一旁激動得目瞪口呆，瞬間醒悟了過來，按住了大夫的手道：「你說，你剛才說我動了什麼來著？」

「胎氣。」吳大夫被她嚇了一跳。

「啊？你是說……我……我有孕了……」槿嫿激動得說話都結巴了起來。

吳大夫拿開了槿嫿的手道：「夫人已有孕三個月。」

「三個月……」她居然已經懷孕三個月了！槿嫿簡直不敢相信，然後又覺得自己太過糊塗。

她曾經小產過，後來月事便不太準，春節時姚氏無意間和她提起孩子的事，她還尋思著等年過了找大夫開些藥調理身子，只是事情一多，她又把這事擱下了。

「吳大夫，你確定我……我真的懷上了？」

「這麼明顯的喜脈，夫人莫不是懷疑我吳某人的醫術！」吳大夫向來不喜別人質疑他的醫術。

「沒沒。」槿嫿連忙道。

穆子訓握住了槿嫿的手，眉開眼笑道：「娘子，妳聽到了嗎？我們又有孩子了。」

盼了這麼久，終於有了，她之前還一直懷疑自己是「下不了蛋的母雞」，在這一刻，歡喜著歡喜著，她怎麼突然有了種想哭的衝動？

穆子訓見她眼睛一下子紅了，把她擁入了懷裡道：「娘子，不哭，這是天大的喜事，我們應該歡歡喜喜的。」

宋承先在外邊聽到裡邊一驚一乍地，走進屋裡，站了一會兒，才知道槿嫿有喜了。他也知道槿嫿和穆子訓成婚多年來，兩人還沒正式當上爹娘，這孩子是他們期盼已久的。

見吳大夫站在一旁有些尷尬，宋承先十分善解人意地把吳大夫請了出去，留下他們夫妻兩人互訴衷腸。

隔日，宋承先得到了些消息，立即前來告知槿嫿。

「那日來鬧事的流氓姓陸，江湖人稱陸爺，居所不定，為了錢，坑蒙拐騙無一不做。這縣衙的大牢他也是蹲過好幾回了，但因他犯的都不是什麼大罪，都是關了一陣就放，再犯事再關，再放。這樣的流氓痞子，便是縣太爺見了也搖頭。」

槿嫿從宋承先口裡知道了「陸爺」的事跡，想她就算把這流氓抓住了，以他的德行，必不肯拿出錢來賠償「美人妝」的損失。

更何況「小人無恥，重利輕死」，就算讓這廝進了大牢，關上一陣，再放出來，保不準他不會懷恨在心，再到「美人妝」來鬧事。

思來想去，只能自認倒楣，吃回啞巴虧。

槿嬧有些煩躁地用手指點敲著桌面。

宋承先見她心緒低落，安慰道：「妳如今有孕，得照顧著自己的情緒，免得我這小外甥出生後，隨了親娘，整日裡都愁眉苦臉的。」

槿嬧被他這麼一說，想起了她肚子裡的孩子，微微笑道：「那這事便算了，損失的那些錢，就當是我好心打發了叫花子。」

「妳能想開點也好，但這事不能就這樣算了。」宋承先若有所思地看向槿嬧。「妳想想，姓陸的是什麼人，如果不是受了別人的指使，怎會給妳下套？怎會大鬧『美人妝』？」

姓陸的是只認錢的人，但他那一日的所作所為，卻不像為了訛錢，倒像是故意要把「美人妝」的名聲搞臭。

他若真想訛錢，何必那樣來鬧，私下裡去要脅她，不是更容易達到目的？

槿嬧經宋承先這麼一提點，想了好一會兒道：「你是說他是收了錢，受了別人的指使，才故意與我為難？」

「沒錯。」宋承先點了點頭道：「妳仔細想想，妳是不是得罪了什麼人？」

「得罪？我開門做生意，向來都是笑臉迎人，童叟無欺……」

不對，這事分明像是同行才做得出的。槿嫿心裡一動，拍了下桌子道：「我知道了！是寶記的郭友長，郭友長與我公公有過節，自開店做生意以來，他明裡暗裡已給我添了好幾回堵，去年末，還想把向師傅從我這兒挖走。」

「我猜也是他，他的那些手段我之前也是聽過的。」宋承先道。

「好個卑鄙無恥的奸人，昨日若不是哥哥和子訓來得及時，我怕是命都要去掉半條。」槿嫿心有餘悸地摸了下自己的肚子。

都怪她這個做娘的糊塗，連有了身孕都不知道，她若知道她有了身孕，定會離那流氓遠些，也不去扶什麼櫃子。幸虧這孩子命大，不然她現在必悔得腸子都青了。

「一味的忍讓不是辦法，反擊是必定要反擊的，只是妳現在有了身孕，一切應以孩子為重，切不可動氣。」宋承先勸道。

腹中的孩子還要七個月才能瓜熟蒂落，七個月的時間她不是等不起，只是心裡這口氣著實吞不下。

宋承先道：「妳放心吧！郭友長那邊我會叫人留意著，他若再敢與妳、與『美人妝』過不去，哥哥第一個不放過他。」

「謝謝哥哥。」槿嫿感激地說道。

「如今我們已是一家人，客套話就別說了。」

槿嫿本還想說些感謝的話，又覺再說未免太生分，便主動地給宋承先倒了一杯茶，緩緩道：「妹妹有一事還得煩勞哥哥。」

「什麼？」

「我如今有了身孕，諸事不便，想尋個能管事的掌櫃，替我打點『美人妝』上下，哥哥見多識廣，希望能替妹妹留意著。」

她開店以來，又做掌櫃、又做帳房先生、又做採購，時常是忙得腳不沾地，以前未懷孕倒沒覺什麼，如今好不容易有了身孕，就算她覺得自己還能頂得住，婆婆和相公也不願見她這般辛苦。

何況，以「美人妝」如今這樣的規模，不找人幫忙打理，她只會越來越吃力，反不利於店鋪的長遠發展。

宋承先點了點頭。「這事我倒忽略了，好，我會留意的。」

宋承先和槿嫿說完話，起身正要回去，穆子訓提了個食盒進來道：「先別急著回去，一塊兒吃餃子吧！」

「子訓此時不應該待在家裡用功嗎？」宋承先笑道。

槿嫿有了身孕後，穆子訓一心記掛著她和她肚子裡的孩子，每日裡只想守著她，讀書的事便擱到一邊了。

槿嫿替穆子訓道：「是我嘴挑，讓相公去給我買招香樓的餃子。」

「我倒不是很愛吃餃子，妳和妹夫慢慢吃吧！我先回知安堂看看。」宋承先說著走了。

明年就是三年一次的鄉試，這考舉人不比考秀才，不但試題更難，競爭更大，錄取率也更低。但考中了舉人，便相當於兩腳踏入了官府，舉人不僅可以領俸祿，還不用交地稅。

正所謂「十年寒窗無人問，一朝中舉天下知」，秀才和舉人的身分待遇可差得遠呢！

當初穆子訓考秀才時，槿嫿就不太相信穆子訓能考中，這回的舉人，只覺更加懸殊了，偏他最近還常圍著她，把讀書的事都落下了。

槿嫿邊吃著餃子，邊對穆子訓道：「相公，從明兒開始，你還是一門心思好好讀書吧！」

穆子訓聽出了她的話外之意，摟過了槿嫿的肩膀，溫聲道：「婦人十月懷胎最是辛苦，娘子如今有了身孕，我若不能在身旁時時照顧，豈不枉為人夫，枉為人父？」

槿嫿抿嘴笑道：「哪有你說的那麼嚴重，我這肚子還沒大起來，也不像別的婦人一般害喜，跟平時沒什麼兩樣。況且不還有小竹、小菊在一旁伺候著嗎？你就甭擔心了。」

小竹剛好在屋子裡給一盆花澆水，聽到這話趕緊道：「少爺，你放心，我和小菊會好好伺候少奶奶的。」

「聽到了嗎？明年秋就要考試了，現在二月分，這孩子九月分出生，難不成你還要這樣守著我到九月？」

「我不守著妳，妳難道不會在心裡怨我？」穆子訓道。

女人家向來愛口是心非。他聽聞懷孕的女人情緒很不穩定，槿嫿眼下勸他待在家裡好好讀書，沒準明兒就會抱怨他只顧著讀書，不把她和孩子放在心上。

她之前可是連「書」的醋都要吃的。

「為妻向來有一說一，既開口讓你把心思多放在學習上，哪還有怪怨你的道理。」槿嫿說著，眼珠子一轉，又戲謔道：「再說，相公你素來與『商』字不合，你若整天都到這店裡來，我怕……」

怕他會把店裡的氣運帶衰。

這一句她沒有明說，穆子訓卻是閉著眼也能猜出來。

他舉起手輕刮了下槿嬗的鼻梁道：「好，我聽娘子的。」

「這才是我的好相公。」槿嬗滿意地笑道。

對於這次的鄉試，不僅槿嬗抱的希望不大，穆子訓也不敢抱太大的希望。極少秀才能一次中舉，他的院試成績又算不得拔尖。他起初的想法是，明年的鄉試權當試水，考得中是祖上積德，考不中就當是積累經驗。他再準備幾年，下一輪的舉人考試中舉的機率自會更大。

但槿嬗有了身孕後，他的想法改變了。

他和槿嬗就要正式成為爹和娘了，他希望他能把中舉當成禮物，送給槿嬗和未來的孩子。

姓陸的來鬧過事後，「美人妝」的生意低迷了好一陣。槿嬗覺得這實屬正常現象，並不怎麼擔心。

群眾都是善忘的，等過了段時日，大家嘴裡都不提這事了，這事的影響便過去了。

她得提防的是郭友長再次對「美人妝」下手。只是她如今有了身孕，得顧著身子，許多本欲親力親為的事，此時也不得不放手。

作坊那邊，她基本都交給了向小湘。向小湘雖然木訥，但在製作胭脂水粉這事上向來一絲不苟，有他在，工人們不敢偷懶懈怠，產品也有品質的保障。

至於店鋪這邊，她也想找人幫忙打理，卻一直找不到合適的人選。

宋承先受了她的囑託，一直替她留意著這事，可到了四月，這事還一點眉目都沒有。

槿嫿有些著急，在穆子訓面前提了好幾回。

穆子訓想起了以前穆家商行裡有個叫趙秀山的掌櫃為人十分可靠，爹生前也常在眾人面前誇他，便跟槿嫿推薦了趙秀山。

槿嫿也知道趙秀山這號人，穆里候在時，趙秀山可謂是穆里候的左膀右臂，他若能出馬幫忙打點「美人妝」，那是再好不過的。

只是，趙秀山肯嗎？

「精誠所至，金石為開。為夫親自去請，趙掌櫃看在昔日的情分上，沒準一口就答應了。」穆子訓道。

「昔日，昔日你可是差點把人家趙掌櫃氣得快吐血。」槿嫿在心裡默默道，覺得穆子訓把這事想得太簡單了。

可眼下「美人妝」需要像趙秀山這樣的人才，穆子訓既有心要去請趙秀山，槿嫿再怎麼覺得沒希望也得放手讓他試試。

趙秀山今年四十有七，曾是穆家乃至全城最大的布莊的掌櫃。那一年，穆子訓把自家的布莊抵給姓李的商人後，趙秀山一見東家都不姓穆了，氣得差點暈厥，直接甩手不幹了。

他做掌櫃那些年，穆里候給他置了豪宅、田地，他也掙了不少家產。離開布莊後，他沒再出去找差事做，日子過得倒也不錯。

這些年，陸陸續續有人慕名前來請他出山，趙秀山都拒絕了。

他最大的兒子已成家，已能獨當一面，去歲又給他生了個孫子，他每日只管含飴弄孫。

這一日，趙秀山正在家裡拿了個撥浪鼓逗孫子玩，門丁進來稟報。「穆子訓前來拜訪。」

趙秀山聽到「穆子訓」這三個字，一把無名火登時從心頭冒了出來。

他當年跟隨穆里候辛辛苦苦掙下了偌大的產業，布莊不僅是穆里候的心血，也是他大半生的心血。

穆子訓這小子說抵就抵掉了，如果不是看在他老子的面子上，他非得剝了穆子訓的皮不可。

如今，他還敢上門來？

「告訴他，我不在家。」趙秀山冷哼道。

門丁見主人家老大不高興，乖乖地退下，按著主人家的吩咐回了穆子訓。

穆子訓料到這首次拜訪是要吃閉門羹的，也不惱，道了聲「改日再來」，把拜禮塞到門丁手裡便要走。

門丁怕被趙秀山罵，攔住穆子訓，把東西塞回他手裡道：「公子拿回去吧！沒有主人家的首肯，小的不敢私下收禮。」

穆子訓也不勉強他，拿著拜禮走了。

幾日後，穆子訓再次登門拜訪，趙秀山依舊不見，穆子訓又撲了個空。

穆子訓走後，趙秀山心裡卻開始納悶，穆子訓為何要來見他？

他當年負氣離開布莊後，好長一段時間還是注意著穆家和穆子訓的舉動的。但得知穆子訓在他離開不到一年後，就把穆家搞得傾家蕩產了，他氣得撓心，在家裡連罵了穆子訓三天三夜後，便不再打聽有關穆家的任何事。

他不僅不許任何人在他面前提起「穆子訓」三個字，就連家裡人提起「木頭」、「木柴」，他有時也會忍不住皺眉。

穆子訓連連上門，難不成是借錢來了？

當時穆家那麼落魄，穆子訓都沒臉上門來借錢，難不成過了這麼些年，他倒有臉了？

「你說，他是走路來的，還是坐車來的？」趙秀山問門丁。

「坐車，一輛大馬車。」門子道。

「那他穿什麼衣服、做什麼打扮？」

「穿了件頂好的羅布袍，瞧著是新做的，整個人看起來很精神，腰間還掛了個和闐玉珮，不像落魄的樣子。」門丁一五一十道。

趙秀山聽著門丁的描述，更加納悶了。

穆家不是敗落了嗎？穆子訓還穿戴得那麼講究，既不是來借錢的，那又是來做什麼的？

想了良久，他心裡也沒個譜，便讓長子到外邊留意打聽穆家現今的情況。

趙秀山的長子得了趙秀山的囑咐，在外邊打聽了好幾天。

回來對趙秀山道：「爹，我都打聽清楚了，穆家如今是死灰復燃了。那穆少爺改了以往的紈袴性子，一心讀書，去歲中了秀才。城裡很大的妝粉店『美人妝』就是他們穆家的，現下是穆少奶奶在管事呢！聽聞從前被遣散的下人也有不少已回到穆家去了。」

「這……當真?!」趙秀山聽完長子的話，一時間激動得說不出話來。

他原以為穆家敗在穆子訓手裡，今後永無翻身之地，卻沒想到穆子訓還能振作起來，讓穆家重現生機。

他這些年是怪怨穆子訓，有時想起穆子訓，還恨不得搧他幾個耳光，但這是愛之深，責之切呀！

他到穆里候手下辦事那一年，穆子訓剛好出生。他是看著穆子訓長大的——一個含著金湯匙出生的小子。

那小子小時候長得聰明伶俐的，但穆里候夫婦因他是獨子，一味的寵慣，除了吃喝玩樂外，穆子訓就沒做多少正事。

好不容易在學堂讀了幾年書，弄了個童生的身分，又被穆里候叫回來娶媳婦了。

他當時瞧著不對勁，本想勸說兩句，又怕老東家不高興。

後來，果如他所料，穆子訓越長越歪，越來越不像話。

像他這樣走馬鬥雞的紈袴少爺，在穆家敗落後能重新振作，發憤圖強，實屬不易。

趙秀山仰天嘆道：「這是穆家祖先在天庇佑呀！」

「爹，你看你高興得都要哭了。」

「唉！我這是想起了老東家，當年要不是老東家提拔照顧，咱們家哪有如今這樣的好日子。」趙秀山拍了下桌子道：「人孰能無錯，改了就好。也罷！穆少爺來了兩回，我拒了他兩回，明兒我親自到他家裡去。」

第十二章

趙秀山如此說，第二日當真到穆宅去了。

此時穆子訓正待在家裡寫文章，聽到敲門聲後，是小菊開的門。

小菊還認得趙秀山，高興地走進屋裡對穆子訓道：「少爺，趙掌櫃來了！」

「哪個趙掌櫃？」穆子訓一時間愣住了。

「趙秀山趙掌櫃，以前打理布莊的。」小菊道。

「啊?!」穆子訓萬沒有想到他上了兩回趙家的門見不到趙秀山，趙秀山反而到他這兒來了。

穆子訓擱下了筆，吩咐小菊備茶，到大廳去見趙秀山，後又想起了什麼，喚阿福到「美人妝」去把槿孃請回來。

最近「美人妝」生意比較冷清，小菊、阿福兩個便被槿孃叫回了宅子裡幫忙。

穆子訓進了大廳，趙秀山已和姚氏說了好一會兒話。

多年沒見，兩人見了面，心裡諸多感慨，又提到了穆里候，姚氏兩眼都紅了。

「趙掌櫃。」穆子訓依舊喚他一聲「掌櫃」。

「少爺……不敢，不敢，趙某已經不是個掌櫃了。」趙秀山起身向穆子訓行了一禮後，便認真地打量起了穆子訓。

「士別三日，即更刮目相待。」穆子訓的長相跟以前一樣，但整個人的氣質都變了，變得十分的端正文雅，不愧是能考中秀才的。

趙秀山欣慰地朝他笑道：「之前少爺到我那兒去了兩回，恰好我都不在家，今日得空，便親自來拜訪。」

「確實是不巧，如今還勞趙掌櫃親自走這一趟，子訓心裡實在有些過意不去。」穆子訓知道趙秀山那兩回並非不在家，但他現在都親自上門來了，還有什麼好計較的。

穆子訓、姚氏、趙秀山三人坐在一塊兒，敘了好一會兒舊後，槿嫿從「美人妝」回來了。

先前穆子訓跟她說要請趙秀山出山時，她就覺這事難辦。後來穆子訓去了兩趟趙家，都吃了閉門羹，槿嫿更覺沒什麼希望。

如今趙秀山親自找上門來了，槿嫿簡直有種受寵若驚的感覺。

她扶著微隆的小腹，在小竹的攙扶下進了大廳。

趙秀山見狀，趕緊起身道：「啊，少奶奶，真是恭喜恭喜了！」

「謝謝趙掌櫃，等孩子出生了，還請你賞臉喝杯滿月酒。」槿嫿道。

穆子訓扶著槿嬧坐下。

人都到齊了，客套的話也不多說了，穆子訓把他兩次上門的目的同趙秀山說了。

槿嬧也跟趙秀山談了「美人妝」如今的經營情況。

趙秀山是老掌櫃，經驗豐富老道，當年比「美人妝」更大的布莊都打理得井井有條，區區一個「美人妝」更不在話下。

槿嬧見趙秀山聽完他們的話後尚有些猶豫，便把自己有孕後身子不便的困難，還有寶記的郭友長總明裡暗裡使壞的事一併講了出來。

她懷著的是穆家的孩子，是穆里候的孫子。槿嬧知道趙秀山敬重她公公，穆家好不容易有了孫子，於情，趙秀山不會袖手旁觀。

但比起這一件，趙秀山明顯在聽到後一件事時反應更大。

原來，趙秀山也是知道郭友長和她公公之間的過節的。在她公公還活著時，郭友長就對穆家商鋪下過手，有一回還是由趙秀山出面解決的。

都談到了這分上，請趙秀山出任「美人妝」掌櫃一事自然也水到渠成了。

槿嬧心裡的一塊大石終於落了地。

一眨眼到了五月，天氣熱了，槿嬧的肚子越來越大了，遠看好像抱了個球。大家說她肚子那麼圓，準要生個男孩。
孕早期她不難受，還慶幸自己有了身孕後不像別的婦人遭罪，不料月分越大，她越覺煎熬。
她原本就怕熱，挺著個大肚子，在這樣的時節裡，哪怕只是動幾下都氣喘吁吁，汗流浹背。她的腳也腫了，之前穿的鞋子都穿不下，走路也不方便。
最受罪的是，她失眠，她總怕自己睡著後會壓到肚子裡的孩子，一躺在床上就胡思亂想。
睡不好，她的脾氣也跟著變差，總莫名覺得委屈想哭，然後便拿穆子訓出氣。
穆子訓倒體貼，不管槿嬗怎麼磨他，一句怨言都沒有，樂呵呵地忙前忙後。要是槿嬗好幾天不和他發發脾氣，他倒有些急了，怕槿嬗心裡藏著事，憋著不說，反而憋出病來。
槿嬗也曉得自己有時太無理取鬧了些，但她就是控制不住自己。
不怪有人說有些女人懷了孕後，就跟變了個人一樣。
這樣的變化直到了八月，天氣轉涼，槿嬗的心情也跟著愉快許多。
這時，她的肚子更鼓了，身子愈發笨重，她每日裡懶懶的，連門都不想出，生意上的事就全託給趙秀山了。

趙秀山當初管理穆家布莊時就頗有名氣，沈寂了幾年，再次出山，許多人都抱著看戲的心態，想瞅瞅當初的趙掌櫃還剩多少本事。

郭友長一開始也是抱著看戲的心態，但在得知趙秀山把「美人妝」打理得井井有條，還有意和寶記爭生意後，他按捺不住了。

他向趙秀山發難，故意拉走一些「美人妝」的客源，想殺殺趙秀山的威風。

趙秀山「重出江湖」，早就想尋機向眾人證明他「寶刀未老」，郭友長跑來為難他，正中了他的下懷。

郭友長既拉走了「美人妝」的客源，他就跟寶記搶訂單。

兩人的初次博奕，趙秀山更勝一籌。

槿嫿得知趙秀山首戰告捷後十分高興。

她自開店做生意後，學到了許多東西，所做所想與之前有許多不同。但到底是女流之輩，做事瞻前顧後，缺乏了些果敢，被郭友長欺壓了好幾回，她心裡氣，卻沒有十足的勇氣和郭友長正面交手，趙秀山剛好彌補了她的不足。

眼瞅著分娩的日子越來越近了，穆子訓聽王大嬸說孕婦多走動走動有助於順產，便常扶著槿嫿繞著天井四周散步。

槿嫿本懶得動，但耐不住穆子訓要她動，只好在每日飯後，慢慢地走上幾圈。

她沒生過孩子，聽人道這生孩子十二分痛苦，猶如在鬼門關走上一遭。她一面盼著孩子早些出生，一面又不由自主地緊張害怕。

不僅她緊張，姚氏和穆子訓也緊張，而他們三人中，穆子訓最緊張。

他這段時日是書不讀了、文章也不作了，齊盛來找他郊遊賞菊，他也不去了。

除了關注槿嫿和槿嫿的肚子，別的事他都不太上心。

以往他也不和那賣肉的王大嬸說話，可自槿嫿有了身孕後，他常到王家的肉攤去，一是想親自給槿嫿買些上好的肉，二是王大嬸一連生了五個孩子，個個活蹦亂跳，他深以為王大嬸很懂懷孕養胎這些事，常趁著買豬肉時請教她一些孕期需要注意的事。

王大嬸見穆子訓堂堂一個秀才郎如此不恥下問，便爽快地把她所知的都「傾囊相授」。

於是槿嫿從穆子訓那兒知道了「懷孕的女人不能拿針線剪刀，不能吃兔肉、驢肉，不能摘果子，不能移床」等等禁忌。

一個平日裡嚷著不能迷信的男人，一下子變得這麼神經兮兮、婆婆媽媽，不知道的還以為他得了什麼病。

瞧著穆子訓緊張焦慮的模樣，槿嫿倒慢慢地不緊張了，不僅不緊張，心裡還莫名踏實，連食慾都比以前好了。

如此又過了十來日，九月初的一個清晨，她終於卸貨了，順利地產下了一名男嬰。這孩子出生時七斤重，聲音又洪亮。產婆從屋裡把孫子抱出來時，姚氏激動得眼淚直掉，就差跪在地上謝天謝地了。穆家終於有後了，不僅是姚氏，就連穆子訓和槿嫿也覺了卻了一樁人生大事。

母子平安，穆子訓懸著的心放下了，他從姚氏手裡抱過兒子，走進產房見槿嫿。

槿嫿剛生產完，整個人累得很，半閉著眼正要好好睡一覺，發現穆子訓抱著孩子進來了，一下子又把眼睛瞪得老大。

穆子訓看著虛弱的槿嫿，很是心疼，但孩子的出生，又讓他止不住高興。

他小心翼翼地把孩子抱到槿嫿面前，憨憨笑道：「娘子辛苦了，是個有手有腳的小子。」

產婆把孩子抱出來時，他已問過產婆孩子是不是完好，得到了肯定的答案後，他依舊不放心，適才又特意把孩子全身都檢查了一遍，確認沒有任何缺陷，他才敢把孩子抱進來見槿嫿。

不怪他這麼慎重，槿嫿懷孕期間，有一回聽人說有個女人生下了個長著魚尾巴的孩子，嚇得臉都白了，連作了好幾晚噩夢。

槿嫿早知這孩子四肢健全，聽到穆子訓這般說，心照不宣地想起了那日的事——

穆子訓如此細心，讓她十分安慰。

她微笑著輕聲道：「我看看。」

孩子離了娘胎後，產婆已經抱給她瞧過了，但她那時太累，汗又把眼睛蒙住了，看得並不真切。

穆子訓把孩子抱到她枕邊，槿嫿藉著晨光和燭光瞅著襁褓裡那個臉皺得像個小老人的肉團子，心情忽而複雜。

半晌，悶悶道：「這真的是我生的嗎？怎麼長得這麼……不像我們？」

穆子訓第一眼瞧見這孩子時，也是覺得醜得很，但他怕被姚氏和槿嫿罵，不敢把內心的真實想法說出來。

此刻聽見槿嫿這麼說，他低聲嘟囔道：「男孩子嘛！醜些沒什麼關係，四肢俱全就好了。」

產婆坐在一旁喝著參茶，聽到了他們夫妻倆的對話，笑得差點把嘴裡的茶噴出來。「不怪穆少爺和穆少奶奶瞧著醜，你們頭一回做爹娘，不知這剛出生的孩子都這樣，等過幾天長開了，自然就越瞅越順眼了。」

「是這個理，當年子訓剛生下來時，我也是沒眼看。」姚氏端了碗雞湯笑嘻嘻地走進來，替槿嫿擦了擦額上的汗道：「放心吧！妳和訓兒都長得好，孩子長大後，準醜不到哪裡去。」

槿嫿聽到產婆和姚氏的話，這才放下心來。

孩子還沒出生前，姚氏已替槿嫿尋好了乳娘。這個乳娘姓高，人長得周正，做事也穩妥。

孩子出生後，交由高氏餵乳，姚氏也搶著照顧，槿嫿便只管安心地坐月子。

這坐月子是件頂無聊的事，每天幾乎都是吃了睡，睡了吃。槿嫿怕太胖，不敢吃太多，但出了月子後人依舊是圓潤了好一圈。

因著孩子是在辰時出生，槿嫿和穆子訓商量後，給孩子取了個乳名叫「辰生」。

辰生出生後，穆子訓神神叨叨的毛病也好了。他這才想起他是立志要考上舉人的，便又開始把生活的重心放在了讀書上。

槿嫿待在家裡時常惦記著「美人妝」，一出了月子，便回店裡去了。

她不在的這幾個月，趙秀山把「美人妝」打理得十分妥當，所賺的利潤更勝她回家養胎前，而她和知安堂合作賣養顏護膚補品的法子也初見成效。

作坊那一邊，向小湘也是不負所託。

她起初建立作坊，只是為了方便向小湘製作「美人妝」獨有的玉容膏，後來她覺得這樣有些浪費資源，便讓向小湘帶著工人製作市面上常見的各式妝粉。

向小湘此時已有了名氣，那些店主攤販信任向小湘，槿嫿又給出了十分優惠的進貨價，因此「美人妝」作坊的貨幾乎都處於供不應求的狀態。

槿嫿回來後做的第一件事，便是大力獎賞了趙掌櫃、向小湘，還有所有的夥計和工人。

一些上位者平日裡話說得好聽，真到了讓他拿錢的時候，卻是一個子兒都不願意出。槿嫿深知「以德服人」、「以理服人」，許多時候不如「以錢服人」來得實在。

自開店以來，「美人妝」每月月錢皆是按時按量發放，槿嫿對底下的人也是該闊綽時就闊綽，得了個這樣的東家，夥計、工人們哪能不死心塌地的。

槿嫿做的第二件事，是把趙秀山和向小湘請到一處，徵詢他們的意見——她打算在城南另開一間「美人妝」的分店。

槿嫿是東家，如今「美人妝」發展勢頭又好，她有這樣的打算，趙秀山和向小湘自不會說個「不」字，但向小湘也提出如果要開分店，那得先擴大作坊的規模。

槿嫿沒想到向小湘平日裡話不多，偶爾提個意見卻都很實際。她欣然接受了向小湘的提議，買了地，擴建作坊，又招入了一批新工人。

新作坊步入正軌後，這年也到底了，開分店的事只能推到第二年春。

隔年，穆子訓的鄉試在八月，而「美人妝」的分店是在陽春三月裡開起來的。

分店開張當日，滿城柳絮飛舞，豔陽高照，烘得每個人心裡都暖暖的。

穆子訓依舊陪著槿嫿一塊兒剪綵揭匾，但剪完綵、揭完匾後他就不見了人影。

外邊鑼鼓喧天人聲鼎沸，槿嫿一找，穆子訓正躲在內屋裡看書。

他把書攤在桌上，一隻手按在方方正正的字句上，看得很入迷，好像外面的熱鬧全和他沒有關係，準確地說，應該是，除了書本外，在這一刻，別的一切於他而言都不存在了。

就連槿嫿走進來，在門檻內站了好一會兒，穆子訓都沒有發現。

槿嫿一時間倒真是佩服他在這樣的情況下也能讀得進書，她本想說些什麼，又不忍打擾到他，便默默地走開了，順便吩咐底下的夥計們不要去叨擾他。

她沒有認真地上過學，但也能夠理解寒窗苦讀的艱辛。

在她看來，考科舉可比做生意難多了，穆子訓昔日若是生意場上的好手，也不至於會走上科舉的路。

當初她讓穆子訓去考科舉，縱有生怕穆子訓碌碌無為、一蹶不振的原因，但歸根究柢是因為家裡窮，穆家又失了勢，不尋個出路，只能坐以待斃。

眼下他們有錢了，日子也過得去了，穆子訓還要這麼辛苦地讀書考試，槿嫿心裡總有些不是滋味。

可再怎麼樣，她也不能讓他放棄。腹有詩書氣自華。這人呀！有讀書跟沒讀書、讀書少跟讀書多，差別可真是太大了！至少，在穆子訓身上，她看到的是這樣。

鄉試在省會的貢院舉行，為了熟悉考場的環境，早做些準備，五月初，穆子訓就和齊盛、張學謹結伴去往省會。

這一走，不到九月初放了榜，是不會回來的。

臨行前，槿嫿抱著辰生送穆子訓上馬車，叮囑他出門在外萬要保重身子，到了省會記得給家裡寫信。

他們成婚後幾乎形影不離，分別幾個月的事還是頭一遭，槿嫿心裡難過，卻怕不吉利，不敢掉眼淚。穆子訓也眷戀地望著她，遲遲不願把車簾放下。

齊盛見他們夫妻兩人依依不捨地，笑道：「嫂子莫捨不得，到時中了舉人，要上京赴考，一去就是一年半載呢。」

槿嫿聽到這話意頭倒好，一下子笑了。

齊盛和張學謹都帶了書僮同去，槿嫿便讓阿福也隨著穆子訓一塊兒去。

送走了穆子訓後，槿嫿心裡空落落了好幾天。

這一日，她正坐在分店裡邊吃著馬蹄糕，邊念著穆子訓，夥計進來通報道：「少奶奶，老夫人差人來叫妳回家一趟。」

槿嫿一愣——沒有特別的事，姚氏絕對不會匆忙差人來尋她回家。

莫不是辰生或者相公出了什麼事？

槿嫿這般想著，心裡登時七上八下，吩咐了夥計兩句，便乘轎回家去了。

丫鬟小竹就等在宅門口，見槿嫿回來了，彎了下身，低聲對槿嫿道：「少奶奶，楊老太太和表小姐來了。」

小竹所說的楊老太太指的是槿嫿的外婆陳氏，表小姐則是槿嫿的表妹楊婉兒。

原是她們來了，不是穆子訓或辰生出了什麼事。

槿嫿鬆了一口氣，旋即又一頭霧水。

外婆和表妹怎麼來了？

前年穆子訓考中秀才時設宴，她在宴上聽徐二娘說她娘舅楊士誠的商船出了事，賠了不少錢。

她好心好意地下了帖子請他們來喝酒，偌大的楊家愣是一個賞臉的都沒有。

後來，她在路上遇見了李氏，李氏也未和她多說什麼。

去年，她聽聞娘舅把宅子轉賣了，帶著一家子回了鄉下。

她雖有些感慨，但見他們如此絕情，早斷了與她這個外甥女的往來，便也沒去過問。

如今，她外婆和她表妹反上門來了？

槿爐帶著滿懷疑問，提起長裙，邁過門檻往前走去。

她剛出現在大廳，陳氏便哭著喚了她一聲。「二丫！」

槿爐聽到她這聲喚，又見了陳氏老態龍鍾的樣子，心裡一陣唏噓。

「外婆。」她回道。

陳氏不太索利地走上前來，這樣的距離，讓槿爐能夠更清楚地看清陳氏的臉。幾年沒見，陳氏看起來比以往更蒼老了，不僅臉上的皺紋深了，眼睛渾濁了，就連頭髮也比以前更白了。

眼下，她穿了件褐色的布裙，頭上紮了個頭巾，身形羸弱，完全沒有槿爐印象中的富貴樣。不僅陳氏，就連槿爐那已出落得十分亭亭玉立的表妹楊婉兒，也是荊釵布裙。

楊家竟已落魄至此？

不等槿爐細思，陳氏拉住了她的手道：「二丫，可算見到妳了，外婆的好二丫。」

「外婆，妳怎麼到這兒來了？」槿爐動容地問。

「唉！」陳氏聽到她這麼問，傷心地嘆了一口氣，跟在她身後的楊婉兒也掩面抽泣起來，那可憐的模樣，真真讓人心疼。

槿嫿瞧著這陣仗，便知她娘舅家出了事，但到底是什麼樣的事，她不敢亂猜。

姚氏見陳氏和楊婉兒只顧著傷心，並不說話，微微嘆息道：「槿嫿呀！妳娘舅和舅媽都過世了。」

「什麼？」槿嫿沒想到這事會發生得這麼突然。

也就幾年沒來往，她娘舅的身子瞧著一直挺好，怎說沒就沒了？還有她舅媽，那時瞧著雖落魄了些，但臉色不像個病人呀！

「外婆、婉兒，妳們先坐下。」槿嫿扶著陳氏坐下。

陳氏坐下後，哭了好一陣，才緩緩地道出原委。

當初，楊家的商船出了事，雖是賠了許多錢，但還有些家底。

可她娘舅楊士誠賠了錢後急於東山再起，硬是禁不住別人的攛掇，做起了珠寶買賣，結果錢沒賺著，反而遇見了黑心商，再次虧本。

楊士誠只得賣了宅子，帶著一家人回到鄉下另作打算。

哪知槿嫿的表弟楊大壯十分不爭氣，見家裡落魄了，非但沒想著振興楊家，替父母分憂，反而整日裡怨天尤人，責怪他爹沒用，搞得一家人只能回鄉下過苦日子。

後來，楊大壯開始偷家裡的錢去賭。楊士誠發現後，氣得大病一場，沒熬過來，去年秋就去了。

楊士誠死後，槿嫿的舅媽李氏傷心過度，幾個月後也離開了人世。

家裡如今只剩陳氏、楊婉兒和楊大壯。

陳氏老邁，楊婉兒是個沒出閣的姑娘，養家餬口的事按理是要落在楊大壯身上的。

可是爹娘接連死了，楊大壯依舊沒有醒悟，整日裡遊手好閒的就想「一賭暴富」。

陳氏和楊婉兒沒有辦法，只能做些針線活換些吃的，沒承想幾日前楊大壯進了賭場，竟喪心病狂地拿自己的妹妹楊婉兒當賭注。

楊大壯把楊婉兒輸給了賭坊的老闆做小妾，眼瞅著賭坊的老闆就要來擄人，陳氏只得帶著楊婉兒連夜離開鄉下，到城裡來投奔槿嫿。

槿嫿沒想到楊家竟遭遇了如此大的變故，一時間只覺世事難料，昔日的那些恩恩怨怨，回憶起來也恍如過眼雲煙。

楊婉兒悲悲戚戚地跪在槿嫿面前道：「表姊，妳救救我吧！我不想做那個賭坊老闆的小妾，那個賭坊老闆都五十好幾了。嗚嗚……」

楊婉兒今年已滿十六歲，正值妙齡，自小心氣高，怎願嫁給一個五十來歲的老頭為妾？

陳氏見狀，亦抹了抹淚，幫忙說情。「二丫呀！外婆知道妳舅舅和妳舅媽以前做事不地道，但是，現在他們也遭到報應了，人都不在了，妳就別再放在心上了。」

槿嫿沒有立即表態，伸手要去扶楊婉兒，楊婉兒向後一退，不願意起來。「表姊，妳救救我吧！」

「妳先起來。」槿嫿扶住了她的手臂道：「妳倒是先告訴我，楊大壯他欠了多少錢？」

「三百兩。」楊婉兒含著淚應道，說完又搖了下頭，聲音更弱了。「也有可能是四百兩。」

四百兩槿嫿倒出得起，只是就算她這回替楊大壯還了賭債，保住了楊婉兒，不代表以後楊大壯不會再去賭，再把楊婉兒輸掉。

難不成她還要次次給他們收拾爛攤子？

陳氏見槿嫿猶豫，膝一彎，眼瞅著就要給槿嫿跪下，姚氏趕緊扶住了她道：「使不得、使不得。」

「外婆妳就不要折煞我了。」槿嫿皺眉想了好一會兒，才道：「妳們暫且在我這兒住下，這事讓我再想想辦法。」

陳氏和楊婉兒見槿嫿鬆了口，這才沒有又哭又跪的。

槿嫿讓小菊帶她們下去安置，大廳裡只剩下了姚氏和槿嫿。

沈默了良久，槿嬨看向了姚氏，輕輕地喚了聲。「娘……」

四百兩不是個小數目，又是她娘家的事，她總該先問問姚氏，徵求姚氏的意見。

姚氏瞧出了她的心思，淡淡笑道：「到底算是親人，不管妳怎麼做，娘都不會反對，要是訓兒在，也是這樣的。」

姚氏這麼說，是要把事情的決定權完全交給槿嬨。

她知道槿嬨娘家已沒剩幾個人，槿嬨又生性善良，陳氏都帶著楊婉兒親自上門來求救了，槿嬨若不幫，心裡必定不安。

如今槿嬨管理著家裡大大小小的事，會賺大錢，又給她生了孫子，她這個做婆婆的，對槿嬨這個兒媳婦是十二分的滿意，犯不著為了老久不來往的親家的事和槿嬨生了嫌隙。

更何況，她也清楚槿嬨做事極有分寸，再怎麼樣也不至於會為了幫楊家把自個兒的家弄得雞飛狗跳，不得安寧。

槿嬨十分感激姚氏的理解，點頭道：「謝謝娘。」

這事，於情於理，她還是得幫的。舅舅和舅媽有再多的不是，到底是她的舅舅、舅媽。

她父親去得早，母親帶著她住到舅舅家直至她出閣的那幾年，舅舅和舅媽待她其實算好的，雖然他們大體是看在了錢的分上才願意給她好臉色。

她娘去世時，她舅舅在處理她娘的後事時也出了不少力。如果不是穆家落魄後，他們做了那麼多令人寒心的事，又私吞了她娘留給她的遺產，她是非常願意把她娘舅當父親一樣敬重的。

如今她爹、她娘、她娘舅、她舅媽都不在了，娘家那邊只剩下她年邁的外婆、還不夠懂事的表弟、表妹，她這回如果不幫他們一把，只怕她娘舅家不久後就要沒人了。

她的良心不允許她袖手旁觀。

槿孃和姚氏說完話，離開大廳後，又找陳氏和楊婉兒問起了事情的來龍去脈。

槿孃問得詳細，陳氏和楊婉兒答得也詳細。

她把事情捋順了，弄得一清二楚了，心裡便也有譜了。

她一個婦道人家，這事不方便出面，她的義兄宋承先或許可以幫她。

第二日，槿孃便去了趟宋宅。

宋承先剛好在家，聽了槿孃的來意後，搖了下手中的灑金紙扇，別有意味地道：

「這事倒不難辦，只是妹妹，妳可曾聽過『升米恩，斗米仇』，妳娘舅和妳舅媽都那麼不可靠，妳這回掏心窩地去幫妳表弟和表妹，就不怕日後他們也跟妳那娘舅和舅媽一樣反咬妳一口？」

槿嫿笑了下道：「我只求問心無愧，況且人都會犯錯，他們又還年輕，總得給他們一個改過的機會。若他們日後當真不仁不義，自有老天爺收拾他們。」

「好吧！妳既下了這樣的決心，這事就放心交給我，我會替妳辦妥的。」宋承先繼續搖著扇子道。

單看他的舉止氣質，誰也瞧不出他是個久經商場的商人，只當他是個不知人間疾苦的富貴公子。

「多謝哥哥。」槿嫿說著，打量了下宋承先俊秀的側顏，抿嘴笑道：「哥哥可有心儀的姑娘？義父、義母都等不及想抱孫子了。」

宋承先收起了扇子，往槿嫿頭上一敲道：「多管閒事。」

「這怎麼是閒事？這是哥哥人生中的頭等大事。」槿嫿道。

宋承先改口笑道：「告訴妳也無妨。我那日去廣福寺確實瞧上了一個很好的姑娘，只是還沒打聽出她是哪位員外的千金。」

他和槿嫿青梅竹馬，對槿嫿是有過幾分愛慕情愫的，只是槿嫿早已許配給了穆子訓，又早早地和穆子訓成了婚。

那幾分愛慕的情愫隨著人事的變換、時光的推移變得朦朧，直至再次遇見槿嫿，又悄悄喚醒，添了些許意難平。

但他向來是比較瀟灑的性子，又常以「克己復禮」要求自己，知道今生注定與槿爐無緣，便不曾把心裡之事宣之於口，更不曾在槿爐面前有所表露。

親眼見到槿爐與穆子訓夫妻情深、榮辱與共後，他的那點小心思也早就拋之九霄雲外。

如今面對槿爐，他心裡坦蕩，倒是無比輕鬆，說起話來便也不拘束了。

「能被哥哥看上，看來這位姑娘至少是姿容出眾。」槿爐靈機一動道：「來『美人妝』的女客多，哥哥給我好好形容那位姑娘的長相，妹妹好替你留意留意。」

「確實是個好辦法。」宋承先點了點頭，對槿爐道：「若找到了人，哥哥請妳喝酒。」

「不僅是喜酒，喜糖我也是要的。」槿爐咧嘴笑道。

第十三章

隔日，宋承先便動身去找楊大壯。

楊大壯為了還債，跟賭坊老闆畫了押，簽了契，把楊婉兒抵給了賭坊老闆做妾，哪知楊婉兒和陳氏居然背著他跑了，楊大壯找不到楊婉兒，賭坊老闆又要來要人，楊大壯一怕，便躲了起來。

但躲得了初一，躲不過十五，不出一天，楊大壯就被賭坊老闆找到了。

賭坊老闆以為楊大壯戲耍他，不由分說地把他關進了柴房，先是痛打了他一頓，打得楊大壯皮開肉綻，呼爹喊娘，然後，又揚言要剁掉楊大壯的雙腿，讓他到大街上乞討還債。

楊大壯聽到這話，嚇得臉色慘白，鬼哭狼嚎。「不要，不要……不要剁掉我的腿！」

「不要，那你欠的那四百兩銀子什麼時候還？」

賭坊老闆蹺著二郎腿坐在楊大壯面前，看著楊大壯一臉慘樣，冷冷笑道。

「求大老闆給我一些時間，我一定會把我妹妹找回來，讓她好好伺候大老闆的。」

「你以為爺還會信你？」

「真的，小的沒有騙你，我真的有妹妹，我的妹妹長得可好看了，比大老闆你現在屋裡的那幾個姨娘都好看。」楊大壯說著，對楊婉兒和陳氏不由得生出了一股強烈的恨意。

如果她們不跑，他怎會受這樣的罪？賭場的老闆雖然年紀大些，但有錢有勢，楊婉兒跟了他也不吃虧；還有他奶奶，平日裡總說疼他，說他是楊家的獨苗，是她的命根，結果呢！到了這緊要關頭，全跑了。

就這樣跑了，丟下他，不管他的死活跑了！

楊大壯心想著他就算做了鬼，也要做個厲鬼，絕不放過她們兩個。

「那你說她去哪兒了？」賭坊老闆陰陰地問道。他向來好色，知道楊婉兒是有姿色的，要把這到嘴的肉吐掉，心裡到底有些不甘。

「我……我……」楊大壯一時間也想不到她們會去哪兒，吞吞吐吐了良久，也沒說出個所以然來。

賭坊老闆失去了耐心，示意一名體型剽悍的手下拿刀去砍楊大壯的腿。

楊大壯見那人揮起了一把亮亮的大刀就要往他腿上斬去，嚇得屁滾尿流，脫口而出道：「我有個親表姊，住在城裡，我妹一定是去找她了！」

關鍵時刻，他想起了槿嫿。

他嘴上雖這麼說，心裡卻是不相信楊婉兒會去找槿嫿的，一是楊婉兒心性高傲，從小就很討厭槿嫿，應該不會想讓槿嫿看到她落魄的模樣；二是他們和槿嫿那邊早就沒有往來了，就算找了槿嫿，槿嫿也不會幫她的。

可這一刻，除了槿嫿，他再想不出別人來。

賭坊老闆示意手下停手，楊大壯見事情有了轉機，趕緊道：「我表姊是穆里候的兒媳，穆里候你知道嗎？以前的大商賈，家財萬貫。」

「是有這號人，但眾所周知，穆里候死後，穆里候的兒子不爭氣，穆家已經敗了。」賭坊老闆道。

「這你就不知道了，瘦死的駱駝比馬大，我表姊很會做生意，現在她在城裡開了好幾家店，還有，我的表姊夫已經中了秀才，以後是要在官場上混的。楊家就剩我一根獨苗了，你要是剁了我的腿，我表姊和表姊夫知道了一定會給我報仇的。」楊大壯倒豆子一般噼哩啪啦地說了好大一堆。

後邊的話原不過是想嚇唬嚇唬賭場老闆，但話一出口，似都成了真的。他不但說得煞有介事，還露出了一絲小人得志的笑。

賭坊老闆正暗忖著他這話有幾分可信，一名手下走了過來，在他旁邊耳語了幾句。

賭坊老闆急著出去會客，便命人先把楊大壯吊起來。
楊大壯像烤鴨一樣被吊在梁上，兩隻手腕被繩子勒得生疼，幾乎就要脫臼，但好歹保住了兩條腿，不禁鬆了一口氣。

賭坊老闆一刻也不耽擱地跑到會客廳去見的人不是別人，正是宋承先。
昨日槿嫿來找宋承先時，宋承先聽了槿嫿的講述，心裡就已有了底。
這事別人出面或許難辦，但他出面就不一樣了，因為他與這賭坊老闆算是舊識。
他昔日外出遊歷時曾幫過一個負傷的人，而這人正是這間賭坊的老闆。
「宋賢弟，快請坐、請坐。」
賭坊老闆進了客廳，見那年輕男子果是宋承先，忙作揖請宋承先上座。
喝了茶水，二人你一言、我一句地敘了老半天舊後，宋承先才把此行的真正目的說了出來。
賭坊老闆雖不是什麼善類，但卻很講義氣，宋承先都親自前來向他開了口，他哪有不放人的道理，便喚手下把楊大壯帶了上來。
宋承先厭惡地瞧了眼趴在地上的人，確保楊大壯還死不了後，命隨從把裝有四百兩白銀的箱子放在桌上。

他親手打開箱子，指著一整箱白花花的銀子，對賭坊老闆道：「這是四百兩白銀，還請大哥清點。」

賭坊老闆把手一揮，豪爽道：「錢就不必了，就當大哥還你一個人情。」

「大哥的心意小弟心領了，行有行規，倘因為小弟開了不好的先例，小弟心裡會過意不去的。」宋承先微笑道。

他這話簡直說到了賭坊老闆的心裡去，賭坊老闆笑了笑，恭敬不如從命地把銀子收下了。

宋承先完成了槿嫿所託，便和賭坊老闆告辭，把楊大壯帶走了。

他叫人把楊大壯送回了楊家。

此時楊家真可謂空空如也，楊大壯被人放到了床上後，又痛又餓，不住地呻吟起來。

就在他哭爹喊娘時，宋承先出現了。

剛才在賭場裡，宋承先並沒有說他是受槿嫿所託才來贖他，楊大壯與宋承先之前又沒見過面，完全不知道宋承先是什麼人。

可他知道宋承先救了他一命，又替他還了賭債。

楊大壯一見他進來，兩眼就發光，感激涕零地喊道：「恩公，恩公，謝恩公救我。」

宋承先冷冷一笑。「不是我救你，是你表姊棠槿嫿救你。」

「什麼？你說我表姊？」

「你奶奶和你妹妹現在正在你表姊那兒，」宋承先一字一字告誡道：「那四百兩銀子也是你表姊出的。你如果還是個人，長著一顆人心，以後就當痛改前非，好好做人，不然再有下次，可沒有今天這麼好的運氣了。」

楊大壯聽了宋承先的話起初是難以置信，後來又覺無地自容。

宋承先從袖子裡拿出了一袋碎銀子道：「這裡有二十兩，足夠你治傷之外，再做些小本買賣了。」

他把銀子放在一張破舊的桌子上，轉身就要離開，似又想起了什麼，回頭發出了一記警告。「你要再敢給你表姊惹事，我絕不會放過你。」

楊大壯被他的語氣和眼神嚇得身子猛地一抖。「你……你到底是誰？」

這個男的這麼維護他表姊，又不是他表姊夫，那會是誰呢？

宋承先沒有回答，甩著袖子離開了。

穆宅。

乳娘高氏正抱著辰生坐在天井旁納涼。天井正中間放著一口高大的荷花缸，正是荷花盛開的季節，碧綠的荷葉上，幾朵紅荷競相綻放，煞是好看。

高氏聞著淡淡的荷香，低下頭親了親辰生小小的腦門，辰生身上的奶香與荷香混在一起，倒是好聞得緊。

高氏是窮苦人出身，生下自家的孩子，餵了他八個月後，便到穆家來了。穆家待她好，給了她體面，也讓她家裡的人都吃上了飯，她心裡感激，便拿辰生當自個兒的兒子一樣疼。

楊婉兒穿了身乾淨的月白薄裙，梳著雙鬟髻。她站在廊下出神地望了高氏和辰生半晌，提起裙子迤迤地往高氏那兒走去。

這是她來到穆家的第三日，不僅心緒已日趨平靜，對自身的處境也有了更清楚的認識。

楊家敗落了，她爹和她娘都去了，她再也不是那個衣食無憂的富家小姐。

她哥哥楊大壯是絕對靠不住的，她的奶奶陳氏年紀又大，保不住哪一日就兩腿一蹬走了。

她好不容易從那一窮二白、雞飛狗跳的家逃了出來，她要是再回鄉下，這輩子就算完了。

不管以前她有多麼不喜歡槿嫿這個表姊，如今槿嫿就是她的依靠，她的希望。槿嫿有錢，槿嫿住城裡，槿嫿的相公是文曲星下凡，只要能留下來，哪怕是要她像狗一樣朝著槿嫿搖尾乞憐，她也認了。

因此這兩日，在槿嫿和姚氏面前，她都是低眉順眼的模樣。

可只是低眉順眼還不夠，她得討好槿嫿，她得讓槿嫿知道她已經不是以前那個楊婉兒，而辰生是槿嫿的寶貝兒子，對辰生好，便是討好槿嫿的一種方法。

楊婉兒停在高氏面前，彎下腰，伸出手溫柔地笑道：「小辰生，讓姨娘抱抱你。」

辰生還不滿十個月，小身子脆得很，高氏見楊婉兒是個細手細腳的年輕姑娘，一沒生育，二又沒帶過孩子，怕她手生摔著了辰生，陪著笑道：「表姨子剛來，不知道小少爺認生呢！」

楊婉兒有些自討沒趣，又不願就這樣走了，便伸出手摸了摸辰生白嫩的小臉，逗道：「辰生真可愛，辰生真乖，姨娘可疼辰生了。」

辰生看著楊婉兒，「咿咿啞啞」地應了兩聲。

楊婉兒自作多情地樂道：「哎呀！辰生也很喜歡姨娘呢！」

高氏聽了這話，又陪起了笑。

楊婉兒笑著笑著直起了腰，正見小竹引著一位男子往大廳走去，那男子穿了身料子極好的寶藍袍子，相貌英俊，氣度也很是不凡，她不由得多看了兩眼。

她見他進了大廳，想他定是來找槿嫿的。

莫非是來和槿嫿談生意的不成？

那必定是了，見他的衣著打扮也知他是個富貴人家的公子。

楊婉兒有些心動，似是無意地對高氏道：「剛才進去的那人，倒是不曾見過。」

「那是少奶奶的結拜義兄宋公子，知安堂的少東家。」高氏道。

「義兄，知安堂。」楊婉兒沒想到槿嫿竟然還有結拜的兄弟，略一思忖又問：「也沒聽表姊提起過這事，表姊的義兄也是我的義兄，不知這位義兄可成家了？」

「沒有。」高氏道。

這個回答讓楊婉兒喜出望外。

她曾發誓，她若要嫁人，必要嫁個有錢又長得英俊的，這宋承先裡裡外外都是她理想中的人。

且以她目前的情況，要想迅速翻身，嫁個好人家是最好的方法。

她若能嫁入豪門，成了豪門太太，也不必再在槿嫿這兒寄人籬下，過著戰戰兢兢的可憐日子。

老天爺偏在這時讓她遇見了宋承先，她豈能白白浪費這大好機會？

宋承先今日到穆家來，不為別的，只為和槿嫿交代已把楊大壯贖出的事。把事情交代清楚後，宋承先便離開了大廳，準備回去。

楊婉兒自他進了大廳後，就一直等在走廊處，見宋承先出來了，心裡好不激動。

待宋承先走到迴廊處，她便假裝自己看花時不小心被蟲子嚇到，十分可憐嬌弱地「啊」地一聲，向後撞在了宋承先身上。

宋承先被嚇了一跳，瞧著這冒失的姑娘眼生得很，只當她是槿嫿家裡新來的丫鬟，扶住了她道：「小心。」

楊婉兒抬起頭來，目光盈盈地朝宋承先行了一禮。「多謝宋哥哥。」

宋哥哥？宋承先不由得一愣。

楊婉兒解釋道：「你是槿嫿表姊的義兄，婉兒自也要喚你一聲哥哥。」

「哦。」

宋承先這才明白，原來這位冒失的姑娘不是丫鬟，而是槿嫿娘舅家的表妹。

「哎呀，我不小心把宋哥哥的衣服弄縐了。」楊婉兒說著舉手往宋承先肩上摸去。

宋承先原本就不喜歡楊家的所作所為，這會兒見楊婉兒舉止輕浮，心裡頓生幾分厭惡。

他躲過了楊婉兒伸過來的手，臉上雖還帶著笑，語氣卻冷冷的。「無妨，我還有事，告辭。」

在這之前，楊婉兒做了很多假設，比如她倒在了宋承先懷裡，宋承先立即就被她迷住了；宋承先輕聲細語地問她可受了傷；宋承先誇她長得可比她表姊美多了。

但她怎麼也沒想到宋承先會這麼不把她當一回事，甚至還有些討厭她。

楊婉兒心裡好不憋屈，氣得都想哭了。

不等她消了氣，陳氏忽來喊她到大廳去，說是她表姊找她。

楊婉兒只得收拾了下心情，隨陳氏進屋去。

槿嬑坐在廳裡，見她倆都來了，也不拐彎抹角，直接把已經替楊大壯還了賭債，賭坊老闆不會再找她們麻煩，還有楊大壯被打成重傷的事一一說了出來。

「錢……真的都還了？」陳氏有些不敢置信。

她帶著楊婉兒來到這兒後，槿嬑只叫她們先住下，並沒有提要給楊大壯還債的事，而且那筆錢可不少，她們也沒指望槿嬑能還，能容她們在這裡住上一段時日躲避風頭便是槿嬑大度了。

槿嬑見陳氏和楊婉兒不太相信，把宋承先交給她的收據拿了出來。

陳氏不識字，楊婉兒也不認得幾個字，槿熾便把上面的字唸了一遍給她們聽，又給她們看了上面的手印。

確定錢已還了，不用賣身給賭坊老闆了，楊婉兒喜極而泣。「太好了，我不用給那糟老頭子當小妾了。」

「沒錯，這真是太好了，大壯也放出來了。」陳氏也跟著激動歡喜了起來。她看了看槿熾，心裡有說不出的感動。到底是她乖外孫女，關鍵時刻，還是她的「二丫」靠得住。

「快，婉兒，快給妳表姊磕頭。」陳氏叫道。如果不是槿熾，她哥可能就沒命了，如果不是槿熾，她早就掉進狼窩了，陳氏覺得婉兒就該給槿熾磕這個頭。

楊婉兒聽到奶奶這麼說，只愣了半晌，雙膝一彎便跪下了，反正幾日前她已經給槿熾跪過了，再磕個頭也沒什麼。

「別了。」槿熾扶住了楊婉兒，把她拉了起來，輕聲道：「妳有這份心就好了。」

「謝謝表姊，我一定會好好報答表姊的。」楊婉兒含著淚道。

槿熾覺得這是楊婉兒這麼多年以來，說的最懂事的一句話。

她拿出了一包銀子，對陳氏和楊婉兒道：「現在事情解決了，妳們儘管放心地回去，賭坊的人絕不會再來找你們的麻煩。這裡有五十兩銀子，妳們也一塊兒帶回去，讓大壯找份正經的事做，亦可做些買賣，只是切莫再賭了。」

槿嫿說到這，神色一變，又毅然道：「再有下次，任憑誰來求我，我都是不會再管的。」

「外婆知道了，外婆這次回去，一定管死那臭小子。他要是再敢惹事，我就算拚了這條老命，也要把他的腿打折了。」陳氏道。

她現在七十來歲了，真要跟楊大壯動起手來，只會吃虧。

槿嫿安慰道：「外婆莫要說氣話，表弟再怎麼樣，也不敢跟外婆妳動手。希望他從此後能改邪歸正，也不辜負了我的一番苦心，舅舅和舅媽若在天有靈，也得以安息。」

陳氏聽到槿嫿提起她兒子，不由得又掉起了眼淚。

楊婉兒在一旁聽著她倆的對話，越聽心越沈。

槿嫿這是要打發她們回去！

不，她不想回去，她不要再回到鳥不生蛋的鄉下過苦日子，那幾十兩銀子能頂什麼事？楊大壯不會有出息的，他只會拖累她，她要是回去，就永無翻身之地。

而且她已經到了適婚的年紀，回到鄉下，她能找到什麼樣的好人家？她不想嫁給那些家境一般、粗魯俗氣，只會種地，或者只會做些蠅頭小利生意的鄉巴佬。

她受不了那種苦。

她出生時，楊家在她姑父的幫襯下已是有吃有穿，她自認自己天生就是小姐命，不該過窮日子。要是這輩子只能待在鄉下，成為一個沒日沒夜勞動的村婦，她寧願死。

想到這，楊婉兒忍不住哭了出來。

「婉兒，妳怎麼了？」槿嫿不解地問。

「表姊，我不想回去，我捨不得妳，妳讓我留在妳這兒好不好？」楊婉兒扯住了槿嫿的袖子求道。

「妳哥哥他現在受了傷，正需要人照顧，外婆年紀又大了，妳總不能讓她老人家一個人回去。」槿嫿為難道。

「可……可我不想回去，我害怕……我……我不回去。」楊婉兒一時間也找不到合理的理由，只能重複地說她不想回去。

「二丫！妳表妹她年紀還小，不懂事，妳別理她了。」陳氏對楊婉兒的行為十分不滿。

她雖然也埋怨楊大壯爛賭差點搞得家破人亡，可楊大壯再怎麼樣也是她的孫子，楊家唯一的香火繼承人，聽槿嫿說楊大壯傷得重，陳氏是恨不得早些回去照顧他的。

如今楊家已經沒什麼人了，楊婉兒這個未出閣的姑娘居然還不願回去，只想把她這個老奶奶和親哥哥撇開，陳氏是無論如何也不答應的。

楊婉兒見槿𡢃和陳氏皆是態度堅決，知道自己再哭鬧也沒用，只得憋著氣隨陳氏回去了。

穆子訓到了省會後，給槿𡢃來了兩回信，第一回是報平安，第二回則是給她和辰生還有娘捎了些小禮物。

槿𡢃覺得窩心，虧得他有心，惦記著她愛吃甜的，給她捎了包棗泥核桃糕。糕點用精緻的紅紙包著，雖在路上耽擱了幾日，但吃起來除了略微硬些，依舊非常香甜可口。

槿𡢃吃著糕點，想著穆子訓九月分才回來，到時天氣一定涼了，他出門時沒有帶秋衣，在這事上一貫粗枝大葉，阿福不一定能注意到，便打算找人捎幾件秋衣給穆子訓。

從家裡找出了兩件，都是半舊不新的，她不太滿意，便親自去了趟尚衣居。

尚衣居是城裡頂好的成衣店，所製的衣服料子講究工藝齊整，六月中旬便已上架了好一批今年最新款的秋裝。

她依著穆子訓的身材買了兩件十分合乎心意的，離開尚衣居後，坐上轎子打算回家，途經一條寬闊的巷子時，忽聽那巷子中傳來了好一陣喧譁。

槿𡢃鬼使神差般地想起了郭友長的家就在這附近，不由得掀起了簾子，往那熱鬧處望去。

郭家宅前，一個濃眉薄唇的年輕人被幾個家僕打扮的人轟了出來。

那年輕人倒執著，雖臉上掛了彩，仍大聲叫嚷。「我要見郭東家，我是被冤枉的，我是被冤枉的。」

圍觀的人有，但也只是圍觀。

槿嫿聽到那人不停地喊著自己冤枉，又說要見郭友長，忽對這事來了興趣。她招手示意小竹靠近，低聲說道：「小竹，妳先別回去，留在這兒好好打聽打聽那人是誰，和郭大商人又有什麼過節？」

「好的，少奶奶妳放心。」小竹點了下頭，停下了腳步。

差不多到了午飯時分，小竹回來了，告訴槿嫿道，那年輕人叫蘇運和，原是寶記的一名夥計。

年初，寶記的帳房先生身子抱恙，這蘇運和跟在帳房先生身邊學了幾年，頗有些本事。郭友長一時間找不到別人來管理帳目，又兼帳房先生力薦，郭友長也有心培養新人，便讓蘇運和暫接了帳房先生的活。

那幾個月蘇運和倒爭氣，把帳目管理得井井有條，無法讓人捏出一絲錯來，郭友長還誇了他好幾回。可半個月前，郭友長卻變了臉色，不僅把蘇運和趕出了寶記，還差點把他送進了縣衙大獄。

槿嫿聽到這，好奇心剎那間被點燃了，瞪大了眼睛道：「知道了什麼快說，別賣關子。」

「這事說來也實是說不清。」小竹努了努嘴道：「有說是因為蘇運和藉著職務的方便私吞了一些公款，有說是蘇運和偷了東西的，也有人說是蘇運和升遷後太過自以為是，惹得寶記一些老人十分不滿，郭大商人為了安撫眾人，就找了個藉口把蘇運和趕走了。」

這每一項理由聽著都有些道理但又經不住推敲，槿嫿想了想道：「確實有幾分意思，今日見那蘇運和在郭家門前叫喚，委實像受了天大的委屈。」

「蘇運和父母已亡，在郭家當了好多年的夥計，眼瞅著可以升遷出人頭地了，卻被趕了出來，就算不委屈，心裡的氣也嚥不下。」小竹道：「我聽人說，這不是他第一回到郭家去鬧了。」

槿嫿聽完小竹的話，摸了摸下巴，一時間若有所思。

「少奶奶。」小竹輕聲地喚了她一下。

「小竹，妳替我繼續留意著蘇運和。」槿嫿回過神來，心裡已另有打算。

「少奶奶覺得蘇運和是被冤枉的？」

槿嫿微微地搖了搖頭。「這個說不準，不過妳剛才說了這蘇運和在寶記待了許多年，那他一定對寶記上下都很熟悉，如今郭大商人又和他撕破了臉，敵人的敵人便是我們的朋友，說不定哪一天這個蘇運和能助我一臂之力。」

「少奶奶說的極有道理，小竹會用心留意著的。」

小竹比小梅小一歲，小梅嫁給向小湘後，槿嫿身邊的丫鬟裡就數她最得力了。把事情交給她去做，槿嫿很放心。

穆子訓和齊盛、張學謹到了省會後，在省會裡找了一間客棧落腳，那客棧裡住的幾乎都是要應考的學子。同為學子又互為對手，明裡暗裡較勁的事是時常有的，其中又有幾個心性不堅定的，到了這繁華之地，每日外出遊玩，早把要應考的事給忘了。

穆子訓剛到的那幾日，對一切都還陌生，陪著齊盛去了些地方，結交了一些人，後漸覺得索然無味，又不願為了交際之事耽誤了學習的時間，索性每日只待在屋裡和張學謹勤學苦讀。

齊盛卻不以為然，說是以後出仕當官，總得跟人打交道，很多時候人脈可比能力重要。

他覺得穆子訓和張學謹迂腐，不懂變通，只會死讀書，自不願與他們同道，每日帶著書僮外出，有時直到深夜都還沒回來。

穆子訓和張學謹見他如此本末倒置，看在同窗的分上，輪流去勸他。齊盛以前在家裡時被他那舉人父親拘束得太緊，如今好不容易出了趟遠門落個自在，如何肯聽穆子訓和張學謹的念念叨叨？不過是左耳進、右耳出，嘴裡應著「是是是」，在客棧裡待不了兩日又出去外邊玩樂了。

他們兩個本是好意，見他如此也無能無力，只能盼著他儘早收心回頭。

轉眼間，鄉試的時間就剩二十來日了，客棧裡每日天還未大亮，便有琅琅的讀書聲傳出。

穆子訓見眾人如此勤奮刻苦，更加不敢懈怠，每日除了吃喝拉撒，其餘的時間都拿來讀書了。

這一日，他正坐在房間裡埋頭寫文章，門被人「砰砰」地拍響了。

阿福打開了門，見是許久不見的齊盛和他的書僮，驚訝道：「齊公子怎麼來了？」

齊盛沒有回答，徑直走了進來，向穆子訓行了一禮道：「子訓兄。」

「齊賢弟請坐。」穆子訓起身回了一禮。

這段時間他顧著讀書，沒怎麼去注意齊盛，不過在他的印象中，是有好一段時間沒見到齊盛了。

「子訓兄如此勤勉，此番一定能夠高中。」齊盛喝了一盞茶後，笑道。

「不過盡人事聽天命罷了，」穆子訓語重心長道：「考期臨近，賢弟也應以學業為重才是。」

「嗯。」齊盛訕訕一笑，清咳了兩聲道：「子訓兄的話，愚弟一定會記在心裡。只是，愚弟現有一事相求。」

「什麼？」穆子訓問。

齊盛訕訕地笑了笑。「我最近手頭有點緊，子訓兄可否借我些銀兩？」

「賢弟，不是我說你，你出門時，令尊可是給了你三百兩銀子。」穆子訓道。

幾個人中，齊盛的出身和家境是最好的，這次前來省會參加鄉試，穆子訓帶了一百二十兩銀子，除去車馬費、住宿費、伙食費和一些雜費，他現在兜裡還有五十多兩，學謹就更省了。

如今鄉試還未過，齊盛就把三百兩銀花光了，淪落到要跟人借錢的地步，穆子訓真是恨鐵不成鋼。

「誰知道這錢這麼不禁花。」齊盛嘟囔道。

「不是這些錢不禁花，而是你這些日子太揮霍無度了……」穆子訓正要跟他說理，見齊盛一臉不耐煩，只得改口道：「要多少？」

這是齊盛第一次開口和他借錢，不借總覺過意不去。

齊盛攤開手道：「五十兩。」

「沒有。」穆子訓搖了搖頭。

「那四十兩？」

「沒有。」

「二十五兩？」

「嗯。」穆子訓點了點頭，對阿福道：「去取二十五兩銀子給齊公子。」

「子訓兄真是爽快人，我給你寫張借條，等回了家，我立馬派人把錢拿來還你。」齊盛說著，自顧自地走到了書桌旁，拿起紙筆就要寫借條。

「借條就不必寫了，只是賢弟，為兄這兒只剩一十兩銀子了，你要是再把錢花光了，來找我借，我可真借不出來了。」穆子訓道。

「好咧。」齊盛連連點頭。

穆子訓不知道齊盛到底有沒有聽進去，他在齊盛的身上看到了他自個兒年少時的模樣。

那時，他也是花錢如流水，在吃喝玩樂上毫無節制，總以為穆家家大業大，凡事都有他爹頂著，他無須操任何的心，自可任性而為，卻不知「坐吃」總有「山空」的一天，而他爹也不可能替他擋一輩子風雨。

或許齊盛，也得像他一樣，親身經歷過一些事後，才能徹底醒悟過來。

阿福把錢交給了齊盛。

齊盛收了銀兩，向穆子訓又道了兩聲謝後，帶著書僮走了。

阿福低聲地對穆子訓道：「少爺，你借他二十五兩，咱們剩的可不多了。」

「再過一個月就可以回家了，我們省著用，不礙事的。」

說起家，穆子訓又想起了槿嫿、辰生和姚氏，嘴角不由得揚了起來。

「是，少爺。」阿福有氣無力地應著，一臉鬱悶。

他只盼著這個齊盛齊少爺別再來找他的主子了，以他現在的情況，不僅對他家主子毫無幫助，還會拖累他家主子。

過了片刻，門又被人「砰砰砰」地拍響了。

阿福以為齊盛嫌錢少，又要來借錢，心裡暗暗叫苦不迭。

「快去開門。」穆子訓見阿福愣在那兒不動，提醒道。

阿福只得慢慢地往門那邊挪著腳步。

開了門，發現不是齊盛，而是從家鄉那邊過來的老大叔，阿福猜到是槿嫿又託人送東西來了，立即揚起臉笑道：「少爺，少奶奶託人捎東西來了。」

穆子訓心裡一喜，趕緊起身去招待託送東西的人。

等那人走後，他才打開了包裹，裡面有槿孅的親筆回信、兩件秋衣，還有五十兩銀子。

「太好了，少爺剛把錢借出去，少奶奶就送了錢過來。」阿福樂道：「不是阿福多事，出門前少奶奶千叮嚀、萬囑咐要阿福好好照顧少爺，別的不說，少爺每天這麼辛苦的讀書，總得吃些好的吧！要是就剩那二十幾兩，撐上一個多月，回去後少奶奶見少爺餓瘦了，定會怪阿福沒有好好照顧少爺。」

「好了，把這衣服和銀兩先收起來。」穆子訓笑著，小心地拆開了槿孅寫的信，迫不及待地讀了起來。

槿孅讀的書不多，字寫得也不大工整，但穆子訓感覺得到她寫得很認真，許是之前還打過草稿的。

槿孅在信裡說家裡一切都好，辰生已經會翻身、會爬，還能自己扶著床屏站起來。生意上的事很順利，有趙掌櫃幾人幫忙，她省了不少心，還要他注意身子，專心考試……

寫完這些後，這頁紙幾乎也滿了。

槿孅還是覺得不夠，在信的末尾有些歪曲地擠上了幾個字：為妻很想你。

就是這簡簡單單的五個字，看得穆子訓心都快化了，恨不得插上翅膀立即飛到槿嫿身邊。

他把信捧在心口，低首唸道：「娘子，我也很想妳……」

第十四章

八月，稻子金黃的季節，鄉試也開始了。

槿嫿聽穆子訓說過，考舉人共考三場，每場考三天，合起來就是九天。考生們進了考場後，為防舞弊，中途都不得離開，吃喝拉撒皆在一個大約只有一坪的號舍裡解決。

槿嫿覺得這哪是考試，分明是在受罪。要知南方的八月，天氣還很悶熱，天氣一熱，蚊蟲就多，那考試的地方小，又擠滿了考生，是人總得拉撒，一邊寫文章，一邊要忍受蚊蟲叮咬，一邊還得聞著那屎尿騷味臭味，想想那境地，真真是要命。

因此，體弱的、吃不了這種苦的，根本就熬不過那九天。

穆子訓上一回考秀才時就大病了一場，出了考場整個人就暈了過去。於是，在鄉試開考的前幾天，槿嫿的心裡就開始七上八下的，姚氏也十二分的記掛這事，一天要在她面前念叨好幾回。

好不容易，算了算日子，九天的考試結束了。

槿嫿和姚氏又開始惦念著什麼時候放榜、她們家的子訓什麼時候回來，反正在還沒放榜、穆子訓還沒平安回來之前，她們是怎麼也放心不下的。

但家裡的生意也是鬆懈不得的。

那新開的分店，缺了個管帳的帳房先生，槿𡣿經過一番斟酌，把這份重差交給了蘇運和。

這蘇運和不是別人，正是那日槿𡣿見到的，在郭宅門口喊冤的人。

他原是寶記的人，但後來被郭友長趕走了。

槿𡣿仔細地打聽了一番，這事蘇運和確實冤枉，郭友長不用的人，她偏要重用。

於是，她在蘇運和極為落魄時向他伸出了援手，把他招到了「美人妝」的分店。

這蘇運和倒是個識趣的，見槿𡣿看重他，進了「美人妝」後幹起活來比在寶記時還要勤奮誠懇，而且他還把自己在寶記時知曉的一些內部的情況告訴了槿𡣿。

槿𡣿有了這些消息，跟郭友長打起商戰時自多了一分把握。

「蘇先生，以後這帳務上的事就交給你打點了。」槿𡣿把帳簿和鑰匙交給蘇運和時，蘇運和硬是愣了半晌才反應過來。

「少奶奶，這……運和擔當不起。」蘇運和趕緊起身，垂首向槿𡣿道。

「蘇先生莫要推辭，我說你擔當得起就是擔當得起。」槿𡣿笑道。

「運和到『美人妝』還不到兩個月。」蘇運和硬著頭皮道。

他以前在寶記待了十多年才爬上了代理管帳的位置，而且不滿三個月，就被人陷害趕了出來。

如今他投身「美人妝」還不到兩個月，槿嫿就這般重用他，這讓他有種在夢裡的感覺，同時他也怕槿嫿只是一時心血來潮，到時空歡喜一場，他這臉更沒地方擱了。

「能不能勝任一項職務，有時跟待的時間長短是沒有關係的。」槿嫿站了起來，認真地看著蘇運和，嘴角含著一絲讚賞又自信的笑道：「我相信我看人的眼光，更相信蘇先生的能力，把這位置交給你，我很放心。」

蘇運和聽到槿嫿這麼說，深受鼓舞，一時間是又激動、又感激，鄭重地向槿嫿作了一揖道：「運和絕不辜負少奶奶的期望。」

就這般，槿嫿把蘇運和提拔了上來。

這事很快就傳到了郭友長的耳朵裡。郭友長對此默不作聲，但寶記的那些夥計可沈不住氣了，有嫉妒蘇運和攀了高枝的，也有罵蘇運和吃裡扒外的，連帶槿嫿也成了他們嘴裡陰險狡詐、故意噁心人的女奸商。

一天黃昏，蘇運和走在回家的路上時，恰好遇見了以前在寶記時的老相識，兩人起了衝突打了起來，還差點鬧到了衙門。

「少奶奶這事應多加考慮的。」趙秀山得知此事，有些無奈地對槿嫿道。

他說這話時，剛好被走到門外的蘇運和聽到了。

蘇運和更加明白他現今的身分很尷尬——槿嫿這個東家雖賞識他，但「美人妝」其他的人不一定把他當一回事。

如今他和寶記撕破了臉皮，是再也不可能回去的了。他若還想出人頭地、揚眉吐氣、一雪前恥，那他能做的便是緊靠槿嫿，更賣力地在「美人妝」幹活。

等他做出了有目共睹的成績，那些質疑他、嘲笑他、看不起他的人自然都會閉嘴。

而槿嫿要的就是蘇運和這份覺悟。

當一個人被逼到了絕境，就會生出破釜沈舟的勇氣來。

若是當日郭友長來挖向小湘，向小湘剛好處於人生低谷，那向小湘絕對會跟郭友長走。蘇運和若不是落到了那般境地，她還不一定能收服他。

對此，槿嫿倒是有幾分佩服自己的決斷和運氣。

鄉試結束後，穆子訓終於閒了下來，便約了學謹到近處的名山秀水去轉轉，也不枉來了省會一趟。

想想他和張學謹初次見面時，學謹才十三歲，身量小，稚氣未脫，看起來不過是個孩子。如今張學謹都十七了，不僅長得快跟他一樣高，談吐舉止也很有大人的模樣了。

時不我待呀！

他們連著好幾日都在外遊山玩水、吟詩作對，十分快活。此次鄉試，張學謹志在必得，穆子訓是盡力而為，至於齊盛，那是打定了主意，三年後再考一次的。

於是，鄉試結束後，齊盛又約了人喝花酒去了，還美其名曰人不風流枉少年。阿福見齊盛過得那般瀟灑，總惦記著要齊盛還他家公子二十五兩銀子的事，但穆子訓不在意，他也沒個辦法。

到了放榜的前一日，整個客棧的氛圍一下子緊張而微妙起來。前幾日還有學子討論放榜的事，到了這一日反而大家都不提了，就連齊盛那幾個素日裡愛喝酒的考生，都待在客棧裡沒有出門。因為大家都知道這一天考官們已開始填榜，是榜上有名還是名落孫山，也就在這一天就定下了。

考官們填好了榜，蓋好了印信後，第二日便正式放榜。放榜的地點選在布政使司門前，時間定在寅時，也有些省定在辰時，皆因「寅」屬「虎」、「辰」屬「龍」，選在這兩時辰，圖個吉利，因此這榜也常被人稱為「龍虎榜」。

到了這一日，所有的學子們都起了個大早，迫不及待地擠到了布政使司門前。

穆子訓亦是這挨挨蹭蹭的人群中的一員。

昨夜，他心裡惦記著這事，一夜都沒睡著，如今兩隻眼睛不僅有些浮腫，眼外圍還有一圈青黑。

阿福也隨穆子訓擠在人群裡。

他不知道他家少爺能不能考中，但聽說每年都有考生暈倒在榜前，他怕穆子訓也發暈，只能緊緊地跟著他，時刻注意著他的舉動。

「來了、來了！」

不知道是誰先喊了起來，穆子訓順著大家望去的方向看去——兩名考官在士兵們的護衛下出來張貼榜單了。

他等的時候等得心焦，如今見了那考官手上的榜單，心更跳到了嗓子眼。

結果就在眼前，他反而有點不敢看了。

他的心怦怦亂跳，木頭一般被如潮的人流擠得忽左忽右。

阿福沒讀書，但跟在穆子訓身邊多年，穆子訓名字中的「子」字他還是認識的。

他踮起了腳尖，好不容易從攢動的人頭中尋到了一方空隙，瞥到了那榜單上的名字。

好傢伙，一眼望去，那榜上居然有好幾個叫什麼子什麼的。

阿福扯住了穆子訓的衣服，叫道：「少爺，你趕緊看看，上面有好幾個子字，你瞅瞅哪一個才是你？」

穆子訓本還不敢往榜上瞧去，聽到阿福這麼問，鼓足了勇氣往榜上瞧去。

結果他第一眼就看到了自己的名字。

穆子訓第五十四名。

此次鄉試，錄取人數一共一百一十人，他曾估算過，他若能中舉，極有可能是排在八十名外，沒承想倒是比預料中提前了好幾十名。

穆子訓這回可真是高興壞了，他大笑了幾聲，按住了阿福的肩膀道：「我中了，娘子，我中了！」

「啊……不，我不是你娘子。」阿福趕緊擺了擺頭。

「哈！我當然知道你是阿福。」穆子訓大聲笑了出來。

他自然不至於高興到連阿福都認不出，只是得知自己高中，他第一時間就想起了槿嫿，下意識地想與槿嫿分享自己的喜悅，一不小心就說溜了嘴。

「恭喜少爺高中，少奶奶知道了一定很高興。」

「沒錯！」穆子訓激動地說著，一時間竟是連雙手該往哪兒放都不知道，只好不自然地搓著手道：「我現在真是恨不得趕緊回家把這消息告訴娘子，我真想回去。」

「我們很快就可以回去了，這叫衣……對，衣錦還鄉！」阿福沒想到自己竟能說出這麼複雜的成語，一時間很是驕傲，頭都仰得高高的。

想著將來少爺若當了官，他到時便是官老爺身邊的人，整個人更是從頭到腳都神氣了起來。

就在這時，張學謹帶著阿來也來了。

「訓哥，恭喜恭喜。」張學謹拱手道。

「同喜同喜。」穆子訓適才又把榜掃了一遍，發現張學謹排在他前面，考了第十五名。

「穆官人與我家公子一塊兒中了秀才，如今又一塊兒成了舉人，真的是天賜的良緣。」阿來笑道。

「天賜的良緣？那不是用在夫妻間的嗎？怎麼能用在兩位少爺身上！」阿福立馬反駁，他覺得阿來比他還沒有文化。

「反正就是有緣分，差不多都是這個意思。」阿來覺得阿福也是沒有文化的，沒資格說他用詞不當，提高了聲音道：「這是天大的喜事，今天兩位少爺可得好好慶祝一番。」

「對了，齊盛呢？」穆子訓聽著阿福和阿來的話，突然間想起了齊盛。

張學謹微微嘆了一口氣。

齊盛榜上無名，實打實是落榜了。他們三人一同前來考試，他們兩人中了舉，齊盛卻落了榜，哪怕平日裡齊盛表現得再豁達、再無所謂，此時此刻心裡也定不好受。

其實，放榜時，齊盛就站在他們身後，見自己名落孫山，而穆子訓和張學謹都榜上有名，他的心是又酸又涼。

他知道張學謹考得中，可沒想到穆子訓居然也能考中。

他來了省會後無心讀書，也曾想過自己若名落孫山回到鄉裡，會顏面無存。但他又自信地以為，肯定不只他考不過，穆子訓一定也考不過。

到時，有了穆子訓這個伴，哪怕回到家被父親責怪了，他也可以回一句。「這怎麼能怪我呢！是試題太難了，穆兄比我勤奮、比我努力，也是沒考上呀！」

可如今……唉！齊盛頓生出一種被背叛、被拋棄的感覺，十分沮喪和無地自容地走了。

鄉試結果出來後，穆子訓還未回到家裡親自給姚氏和槿嫿報喜，那報錄的人先到了。

中午，吃過午飯，槿嫿和姚氏坐在裡屋正說著話，聽到外邊敲鑼打鼓好不熱鬧，正納悶著出了什麼事，小竹飛快地跑進來，上氣不接下氣道：「恭喜老夫人、少奶奶，少爺他高中了。」

「真的？」槿嫿一時間不太敢相信。

「真的！」小竹撫了撫胸口，順了順氣道：「報錄的人都到門口了，小竹哪敢欺騙少奶奶。」

「謝天謝地，謝謝祖宗保佑，訓兒這回可真是大出息了。」姚氏趕緊雙手合十唸道。

槿嫿已是等不及了，摻著姚氏往外走去。

那報錄的一共有三人，可跟在他身後的卻還有好幾十個人，一些是街坊鄰居同來道喜的，一些卻是想混在裡頭討個喜錢的。

報錄的人下了馬，進了大廳後，把報帖升掛起來。上面確確實實寫著穆子訓中了此次鄉試的第五十四名，大紅的紙、端正的黑字，沒有半分假。

槿嫿越瞅越喜歡，越瞅越是合不攏嘴。

「穆相公果真是文曲星下凡。」

「老夫人恭喜恭喜……」

「少奶奶恭喜恭喜……」
隨著報錄人一同進入客廳的眾人紛紛圍了上來，向槿嫿和姚氏道喜。
槿嫿被賀喜聲所淹沒，一面喚小竹拿出銀子賞給眾人，一面又差人到酒樓去告知掌櫃的備好上等飯菜，她好款待三位報錄人。
而穆子訓是在報錄的人到了後的第二日才回到了家。
見新舉人回來了，前來賀喜的人更是差點把穆家的門檻都踏破了。
之前那些和穆子訓稱兄道弟、見他落魄後便躲閃的人，在他上一回考中秀才後還能冷眼觀望，這會兒見他都成舉人了，全都按捺不住了，紛紛換上了一張笑臉，巴巴地跑來穆家和穆子訓敘舊。
「穆兄，想當初我們每日一塊兒喝酒，一塊兒鬥雞，真正是形影不離，情比金堅。前幾年穆兄一時落魄，大仁我得知這事是吃不下、也睡不著，可惜大仁我沒用，幫不了穆兄，這幾年一想起這事，我心裡就不安，還希望穆兄不要責怪大仁。」
張大仁坐在椅子上說得情真意摯，捶胸頓足。
槿嫿想起了那一年近春節時，家裡沒米了，穆子訓去找張大仁借錢，不僅見不到張大仁，回來的路上還被狗嚇到跌傷腿的事，忍不住暗暗地朝張大仁丟了個白眼。
穆子訓發現了槿嫿翻的白眼，心裡暗笑，三言兩語便把張大仁打發走了。

「好個會見風使舵的，你以前怎就和這樣的人成了朋友，還把錢端到他面前給他花。」槿嫿見張大仁離開了，忍不住吐起了槽。

穆子訓還是個花錢如流水的公子哥兒時，和這個張大仁感情最好，後來穆家破產了，張大仁整日裡吃香的、喝辣的，卻是連一個子兒也不願掏出來給穆子訓救急。

槿嫿一想起這些事，對張大仁的意見可大著呢！誰料，張大仁還有臉出現在他們面前，說這些令人倒胃口的話。

「誰還沒個少不更事、識人不明的時候？」穆子訓聽了槿嫿的抱怨，只是淡淡笑著。

「相公讀的書多，心胸也開闊，可我不過就是一個婦道人家，偏是大肚不來的。」槿嫿抿嘴道：「你也別好了傷疤忘了疼。」

「趨炎附勢的多了，不提也罷。」穆子訓拉住了槿嫿的手道：「咱們夫妻倆好幾個月沒見，回來後光顧著招呼客人，都還沒跟娘子好好說話呢！」

穆子訓說著便把槿嫿擁入了懷裡，槿嫿半推著他道：「光天化日的，門還敞著，你也不怕別人笑話。」

「不怕，我疼娘子，有啥好怕人家笑話的？」穆子訓摟住了槿嫿的腰，按著她一塊兒坐下了。

「我不在的這些時候，辛苦娘子了。」穆子訓道。

「嗯。」

「這次回來，再過一個來月，我又得動身到京城去了。」

「知道。」

穆子訓見槿嫿如此平靜，如此無所謂，失落地道：「我還以為我說這些，娘子會很捨不得我呢！」

「捨不得又怎麼樣，總不能不讓你去吧！難不成你想見我哭哭啼啼地挽留你，你才滿意？」

槿嫿這通話倒讓穆子訓一時間不知道說什麼好。

看著他那語塞的樣子，槿嫿噗哧一笑，把頭埋進他的懷裡，換了種語氣，低低道：「你知不知道你不在家的這些日子，人家可是整日裡都想著你。你倒好，剛回來沒多久，就告訴人家你再過一個月就要走。」

「這麼說，倒是我的不是。」

「難不成還是我的不是？」槿嫿嗔怪地說著，又抬起手摸了摸穆子訓的臉。「你看你都瘦了，不過人更精神了。」

真是「人逢喜事精神爽」，槿嫿不僅覺得穆子訓看起來更有精神，就連那張臉似乎也更英俊迷人了。

她越看越覺得喜歡，捧住了穆子訓的臉，一臉崇拜地誇道：「相公，你好厲害，長得這麼英俊，又這麼有才華。」

「那是。」不管槿嫿誇他什麼，穆子訓向來都是照單全收的。

「還有，你臉皮也夠厚的，一點都不知道謙虛。」槿嫿又道。

穆子訓知道她在開玩笑，乾脆順著她的話頭道：「厚嗎？我回來後，娘子都還沒親過，怎麼就知道它厚了？」

穆子訓說著別過了左臉，示意槿嫿親他。

槿嫿伸出手指，本想在他臉上掐一把，但看他那笑得賤兮兮的樣子，不太捨得，只好嘟起了嘴，在他的左頰用力地親了一下。

穆子訓滿意地笑了笑，又把右臉轉向了槿嫿。

「老夫老妻了，你還玩這個。」

「快點。」

穆子訓催促著，槿嫿俯過身正要親他，忽聽見辰生咿咿啞啞地喚了聲「娘」。

槿嫿嚇了一跳，一把推開了穆子訓，坐直了身一看，卻是姚氏抱著辰生走了進來，旁邊還跟著乳娘高氏。

「啊，辰生許久沒見到爹了，就抱過來看看，如今見到了，我們先回去。」姚氏進了屋，才知道自己來的不是時候，十分識趣地對站在身旁的高氏道。

高氏聽了她的話，也連連點頭。

槿嫿埋怨地瞪了穆子訓一眼。

穆子訓訕訕笑道：「娘，讓我抱抱辰生，好幾個月不見，只怕辰生都把我這個爹忘了。」

姚氏猶豫了一下，這才回過頭來，把辰生抱到了穆子訓懷裡。

穆子訓十分小心地抱住了辰生，發現他不但比他上回離家時沈了，小嘴裡還冒出了兩顆又短又白的牙齒，新奇地道：「哎呀！辰生都長牙了！」

「都一歲了，能不長嗎？要是不長，你這當爹的倒要發愁了。」姚氏笑道。

「我剛才聽到辰生喊娘了，辰生乖，快喊我一聲爹。」穆子訓哄道。

「爹。」辰生奶聲奶氣地叫道，發音並不標準。

穆子訓聽到這一聲喚，卻高興得跟撿到寶貝似的，連忙和槿嫿說：「娘子，妳聽到了嗎？辰生喊我爹了。」

「瞧你高興的樣，這爹還是我教他喊的呢！」槿嫿說著，從穆子訓手裡抱過了辰生。

「對了，婆婆、相公，如今相公高中了，這祭祀擺酒等事也該張羅張羅了。」槿嫿邊哄著辰生邊道。

「娘子打算怎麼辦？」穆子訓問。

「上一回相公中了秀才，就擺了兩張桌，這一回怎麼也得擺滿八大桌吧！」槿嫿道。

她這八大桌還是從簡了的講，前幾年城裡有人中了舉人，可是又擺酒、又唱戲，一連慶賀了三天。

「八大桌也可，反正咱們不要太折騰，也別太鋪張浪費。」穆子訓道。以往吃吃喝喝的大場面見得太多了，他現在對擺闊應酬已沒多大興趣。

「那也不能太寒磣了，你現在中了舉人，出人頭地了，這是光宗耀祖的事。依我看，這事可以辦得熱鬧些，好讓前幾年瞧不起你、瞧不起咱穆家的人好好看看，咱們不僅今非昔比，且更勝從前了。」姚氏喜孜孜道。

穆家如今的財力自趕不上以前穆里候還在時，可穆子訓考上了舉人，身分從「商」飛升成了「士」，這可不是有錢就能辦到的。

槿嫿和穆子訓見姚氏如是說，便都點頭應好。

接下來的兩日，每日都有人上門來祝賀，有送房產田地的，也有前來投奔，甘願為奴為婢的。

有舉人的身分在，可以免除勞役田稅，那些送田送地、甘願為奴的，便是看中了這一點，才趕著上穆家來。

擺宴的吉日擇好後，便是發送喜帖，槿嫿也讓人下了張喜帖送到楊家去。

送帖子的人到了楊家後，楊家只有楊婉兒一人在。

楊婉兒穿了件淺綠色的布裙站在院子裡晾衣服，衣襟上濕答答的，腳下還有幾隻小雞在嘰嘰喳喳地討食。

一隻小雞跳到了她的鞋背上，身子一抖，往她的鞋背上拉了一小泡白中帶綠的屎。

楊婉兒聽到「噗」的一聲，往下一看，鞋子都髒了，氣得直蹬腳，那雞受了驚，拍著羽毛跑得飛快。

「臭雞！死雞！居然敢往我腳上拉屎，你……你等著瞧，再過幾個月，等你們都肥了，我第一個吃你！」楊婉兒邊罵著邊往院子角落走去。

那裡種了幾棵山薯，薯苗爬過了牆，薯葉又大又綠，每一片有巴掌般大，楊婉兒便摘了薯葉往鞋面上擦去。

這一低頭，她才發現，她這鞋子舊了，鞋頭磨損得厲害，再過段時間，她若還穿著這雙鞋，她的腳趾非從鞋頭露出來不可。

她原本可是衣食無憂的富家小姐，如今竟淪落到這般田地。

不等她自怨自艾，流出幾滴淚來，那送喜帖的人到了。

楊婉兒接過了喜帖，卻不認得字，只得對送喜帖的人道：「老哥，有什麼事你直說，這帖子我看不懂。」

「我也看不懂，不過我知道是怎麼一回事，」送喜帖的人一字一字道：「妳那表姊夫穆子訓穆老爺，此番高中了舉人，請你們全家九月十五進城喝酒呢！」

「啊……」楊婉兒聽到這話，一時失了神。

「啊什麼呢！到時帶上妳奶奶還有妳哥哥一塊兒去，妳看看你們家現在，不如見了妳表姊、表姊夫後多說幾句好話，他們現在就算拔一根毛，也比你們的腿粗，有這麼大的靠山不去靠，那就是傻子。」送喜帖的人說完，還想討杯茶喝，見楊婉兒像根木頭一樣愣在那兒，很沒個待客之道，努了努嘴便走了。

楊婉兒想起了上一回她到穆家去，她那般苦苦地哀求槿嫿，槿嫿還是不願意收留她，把她趕回鄉下的事，不自覺地用力地拽住了手中紅通通的請帖。

「棠槿嫿，妳怎麼命那麼好？穆家敗落了，妳隨隨便便開個鋪子就賺到了錢，妳的相公以前不過就是個做啥啥不成的廢物，如今居然成了舉人，太不公平了，這太不公平了。」

陳氏提了兩帖藥往這邊走來，見楊婉兒對著牆念念叨叨，叫道：「妳在那兒發什麼愣呢！那桶裡還有兩件衣服沒晾呢！」

楊婉兒回過神來，見奶奶手裡拿著藥，皺眉道：「怎麼又去抓藥？」

「妳哥哥上回受了傷，我這是買來給他補身子的。」陳氏道。

楊大壯到底是楊家的獨苗，要傳承香火的，再怎麼不爭氣，陳氏打從心底還是最在意他。

楊婉兒冷笑道：「補身子？那麼蠢的一個人，身子補得再壯有什麼用？不如買塊豬腦來給他補腦，不，豬腦那麼貴，咱們家現在連豬腸都吃不起了，還吃什麼豬腦。」

陳氏瞧著她那尖酸的模樣，頓時怒從心頭起，斥道：「妳這張嘴這麼欠，跟妳那死鬼娘一樣。妳娘在的時候，就不把我這個當婆婆的放在眼裡，妳這小蹄子，也不把我這個做奶奶的放在眼裡嗎？」

楊婉兒的娘李氏原就不是什麼省油的燈，李氏以前活著時，陳氏沒少看她的臉色，楊婉兒長得有幾分像李氏，現在又擺臉頂撞她，活脫脫一個「李氏翻版」，陳氏瞅著就火大。

楊婉兒被陳氏這麼一罵，心裡愈發委屈，哭道：「從小到大妳都不疼我，妳就只認妳的孫子，什麼時候把我這個孫女放在眼裡了？那麼寶貴楊大壯，妳讓他每日幫妳洗洗刷刷，洗衣做飯。」

「妳……」陳氏被楊婉兒嗆得心跳加速，頭發暈，「妳」了半天愣是說不出別的話來。

楊婉兒把手裡的喜帖丟到了她懷裡，轉身跑開了。

「死蹄子，白養妳這麼大。」陳氏對著楊婉兒的背影罵道。

楊婉兒離開後，過了老半天，楊大壯垂頭喪氣地回來了。

他進了門，一眼便瞧見了桌子上的喜帖，對坐在桌子旁的陳氏道：「這是誰送來的？」

陳氏抬起頭來說：「不知道，是婉兒收的，那蹄子脾氣上來了，跑得連個鬼影都沒有，我又不認得上面的字，正等著你回來。」

楊大壯是上過幾年私塾的，一些簡單的字還認得。

他拿起喜帖看了老半天，終於看懂了，嘆了一口氣，良久，才酸溜溜地坐下來道：「我那表姊夫中了舉人，叫我們幾日後去吃酒呢。」

「什麼？什麼是中舉人？」陳氏聽過大人、小人、女人、男人，這「中舉人」對她倒是個生僻詞。

「妳老怎麼連這個都不知道？」楊大壯有些不耐煩地解釋道：「舉人就是讀書人，中了舉人，就有當官的可能，就算不當官，也能免除賦稅徭役，一般的老百姓見了舉人都得喚聲老爺呢！」

「啊？當官，真沒想到穆子訓，不……我那外孫女婿這般有出息，那你表姊以後不就成了官太太了？」陳氏喜出望外，說著又想起了什麼，對楊大壯道：「大壯，這次吃酒你可得去，好好地跟你表姊夫、表姊打好關係，說些好話，等你表姊夫當了官，你也好到衙門去謀個差事。你有份正經的活，奶奶就是兩腿一蹬死了，也瞑目了。」

「知道了。」楊大壯悶聲悶氣地答道。

「對了，家裡的米剩不多了，你再出去時，記得買些米回來。」陳氏叮囑道。

上回宋承先離開前給楊大壯留了些銀子，陳氏和楊婉兒回來前，槿嫿也給了她們五十兩，這些錢都放在楊大壯那兒。

楊大壯經歷了上回那件事後，是想著要痛改前非的，他拿著這些錢擺了個地攤賣雨傘，誰知這兩個月是一滴雨都沒有，錢花了，傘賣不出去，他心灰意冷，又開始整日裡怨天尤人。

然後……他又忍不住去賭了。

之前那個賭坊是去不得了，他便跑到別的小賭坊去。

這一回，他每次賭的數額都不大，但賭了好幾次，有出無進的，口袋裡哪還有什麼錢？此時聽到陳氏說要買米，他心裡不由一虛，怪怨道：「家裡的米那麼快就吃完了？」

「那點米，天天吃，難不成還能吃一輩子，咱們這算很省的了。」陳氏沒有懷疑孫子，反而覺得他這話聽著像個節省的人，心裡有些欣慰，提起了桌上的藥道：「你在這兒坐著，我去給你熬補藥。」

「什麼補藥？」

「給你補身子的，你上回傷得那麼重，傷好後，臉色都不對了，得補補才行。」陳氏關切地道。

「我身子好得很，又死不了，吃什麼補藥？」楊大壯一下子激動起來。「這些都是騙人的，那些草頭郎中只會訛錢，妳把藥還回去。」

楊大壯真是心痛，有這個閒錢不花在賭場，卻花在藥上，真真是「暴殄天物」！

陳氏趕緊解釋。「不是草頭郎中，是李大夫開的，人家是正經八百的大夫，這藥還不到一兩銀子，很有效果的。」

在陳氏心裡，楊大壯的身體健康才是最重要的，不然她犯不著跑那麼遠的路給楊大壯抓藥。而楊大壯不理解她的苦心，反而指責她，實在是太傷她的心了。

「一兩……那麼貴，退回去，妳現在就退回去，把錢拿回來，以後不許再去抓什麼補藥了。」楊大壯倔強地看著陳氏。

「買都買來了，咱家現在不還有些錢嗎？又不是吃不起藥。」陳氏苦口婆心地對楊大壯道：「你都還沒成親，這身子要是弄壞了，以後可怎麼好？」

「哈，就算身子好了又如何？一個賭鬼，誰家的女兒願意嫁給一個只會爛賭的窩囊廢？」楊婉兒瞪著兩隻銅鈴大的眼睛，出現在了門口，邊往大廳走來，邊指著楊大壯罵道：「我出去了一趟才知道，楊大壯你真真是狗改不了吃屎！你在我和奶奶面前怎麼發誓的，說你不再賭，結果呢！你這幾天鬼鬼祟祟地都幹麼去了？」

「婉兒，妳說什麼？」陳氏急問。

「我說妳的寶貝孫子楊大壯狗改不了吃屎，他又跑去賭了。」楊婉兒怒火沖天地嚷道：「就他那逢賭必輸的命，一定是把家裡的錢都輸光了。妳如果不信，叫他把錢拿回來，除去藥費、擺攤的費用，還有平日家裡的一些支出，怎麼樣也應該還剩三十多兩。」

楊婉兒說著又咄咄逼人地看向楊大壯，向他伸出手道：「聽到沒有，快把錢拿出來！」

楊大壯自然拿不出錢，一時間黑著臉不說話。

「大壯，你真的……真的又去賭，把錢都輸光了？」陳氏難以接受地看著楊大壯，見他躲著她的目光不說話，默認了這事，捶著他的手臂道：「你……你怎麼……你怎麼就這麼沒有出息，你爹娘都走了，這個家就全指望你了。」

「妳們指望我，我指望誰？我連自己都養不活，妳們還想讓我養活妳們。」事情被揭穿，楊大壯乾脆破罐子破摔。

「你是楊家的獨苗，不指望你，奶奶還能指望誰？」陳氏哭道：「你上一回賭得那麼大，差點把你妹妹都賣了，虧得你表姊替你還了債，你妹妹還有你的命才保得住，再有一回，就算奶奶有臉上門去求人家，你表姊也不一定願意再出這個錢。」

「妳以為我想嗎？這年頭，生意那麼難做，錢那麼難賺，我去賭，也是為了贏些錢，讓妳和妹妹能過上好日子。」楊大壯委屈地替自己辯解。

「楊大壯，這種話你都說得出口，你還有沒有臉？」楊婉兒氣得嘴唇都在發抖。

「我沒有臉，有種妳去賺錢養家呀！從小到大，妳除了吃，還會做些什麼？」楊大壯反唇相譏。

「養家是女人的事嗎？家裡的男人又不是死光了，楊大壯，你是多沒骨氣，才說得出這種話？」

「當初穆家落魄了，還不是靠表姊才又起死回生，表姊夫現在是個舉人，可那幾年不也只待在家裡吃軟飯，表姊說過他一句嗎？同樣是女人，表姊能賺錢養家，讓家裡的男人安心讀書考功名，妳自己沒本事做不到，就別整日裡在我面前撒潑。」

楊大壯越說越覺自己占理，聲音也越來越大，彷彿如果楊婉兒有本事出外賺錢養家，他也能考上舉人一樣。

「你……你……賤人……」楊婉兒氣得連話都說不順了。「你自己說說，從小到大，爹跟娘什麼好的都給你，他們給過我什麼？」

「給過妳什麼？妳這話是人說的嗎？什麼都沒給過妳，妳能長這麼大，還能站在我面前？」

「別吵了，都別吵了！」陳氏仰天叫道：「我可真是命苦，四十歲不到，那死老頭子就丟下我走了，然後女兒走了，兒子也沒了，我白髮人送了兩回黑髮人！如今我這兩腳都要踏入棺材了，整日裡還要操你們兩個冤家的心。你們是嫌我命太長了，嫌我不中用了，礙著你們的事了？我不如早早死了，早早死了。」陳氏邊說著，邊捶著胸口大哭了起來。

楊大壯和楊婉兒見陳氏哭了，只好暫時停止了爭吵。

第十五章

接下來的幾日，楊大壯和楊婉兒誰也不理誰，見了面不說話，也不同桌吃飯，楊婉兒連他的衣服也不洗了。

陳氏夾在孫子和孫女之間，勸又勸不了，只能默默做事。

到了九月十五那一日，楊大壯和楊婉兒卻都記起了要去城裡表姊家吃酒的事，兩人皆起了個大早，收拾了一通，不約而同地隨陳氏出門了。

陳氏叫了輛牛車，趕車的是個四十歲上下的莊稼人，和他們住同一個村。

陳氏、楊大壯、楊婉兒擠在板車上，一路搖搖晃晃地到了城裡。

下了車後，三人把頭髮衣服弄齊整了，才步行至穆宅。

幸好楊家落魄後，他們還留了幾件像樣的衣服，裡子雖保不住了，面子總要有的，不然他們可不願意走這一趟。

那下人聽是少奶奶娘家來的人，十分殷勤地把他們迎了進去。

大廳裡早已坐了不少客人，槿嬧遠望著陳氏進來了，趕緊起身，親熱地喚了她一聲。「外婆。」

「欸！」陳氏應了一聲，想著槿嬧今日的身分已不比往常，她作為槿嬧的親外婆，又是兩家現有的親人中輩分最高的，自跟旁人不同，一下子腰板挺得老直。

穆子訓也隨槿嬧站起，喊了她一聲「外婆」。

陳氏愣是一下子沒認出他，半晌才回過神來，笑著誇道：「外孫女婿，你如今真真是光宗耀祖了，我家二丫跟著你，這輩子的福是享不盡了。」

穆子訓聽到她這麼說，微笑著點了點頭。他想起，他落魄時，陳氏可是屢次慫恿槿嬧和他和離，去給別人做妾的。

陳氏扭過頭對站在身後的楊大壯和楊婉兒道：「你們兩個，還不快給你表姊和表姊夫問好。」

「表姊夫好，表姊好。」

「表姊夫好，表姊好。」

楊大壯和楊婉兒異口同聲地說著，臉上的表情很不自然。

自進了穆家，他們就渾身不舒服。

楊婉兒喊完槿嬧和穆子訓後，不自覺地拉了拉袖上的褶子，穆家的氣派和喜氣洋洋的氣氛讓她有種受到了羞辱的感覺。

「大家先坐下吧！先喝茶，等時辰到了，再移步萬珍樓吃酒。」槿嬧招呼他們坐下。

楊婉兒和楊大壯隨著陳氏坐東邊上頭的一張桌子，那桌面上擺著香茶、果點，楊大壯這幾日在家裡都沒吃飽，今兒又一大早起來趕路，坐下後，只管拿起糕點大快朵頤起來。

楊婉兒也餓，也饞，但她看不起楊大壯那狼吞虎嚥，好像餓死鬼投胎的行為。哼！丟人。

楊婉兒用力地白了他一眼，才拿起一塊甜餅慢慢地吃著。

大廳裡其他的來客，都是楊婉兒不認識的，她對這些人沒有興趣，也不想認識他們，便只管垂著睫吃甜餅。

直至宋承先出現，楊婉兒才把頭抬了起來。

宋承先穿了一身寶藍的長衫，腰間繫著玉帶，手上拿了把灑金扇子，再加上他那白得像雪一樣的膚色，一進門便把所有人的目光都吸引過去。

糕點還含在楊婉兒嘴裡，可楊婉兒為了看宋承先，都顧不得砸吧嘴了。

這才叫風流倜儻、翩翩公子，在座的所有人，包括她的表姊夫穆子訓，和宋承先一比，都成了癩蝦蟆。

楊婉兒這般想著，不禁又心花怒放了起來。

雖然上一回的初見，宋承先沒有表示出對她的好感，但日久能生情，若她能天天見到宋承先，宋承先一定會發現她的好，然後……娶她的。

楊婉兒愈想愈激動，正要起身跟宋承先打招呼，身旁傳來了一聲很刺耳的打嗝聲。

原來是楊大壯因為吃得太急太多，不自覺地打起了嗝。

他這一聲嗝實在是夠響亮的，滿屋子的人都不約而同地往他那邊瞧去，宋承先也不例外。

攤上這麼一個就會在關鍵時刻下她臉的哥哥，楊婉兒一時間是又羞又惱，恨不得找個地縫鑽進去。

在大家往這邊望來時，楊婉兒特別留意了宋承先的神情，宋承先輕輕地瞥了楊大壯一眼，快速地把目光移開，好像楊大壯是什麼髒東西一樣。

他雖然不是針對楊婉兒流露出這樣的神情，但落在楊婉兒眼裡，卻覺宋承先不僅是在輕賤楊大壯，也是在輕賤她。

畢竟她是楊大壯的親妹妹，哥哥都這樣了，別人還瞧得起她這個妹妹嗎？

楊婉兒心都涼了，這時，她又聽到槿嫿對宋承先道：「哥哥怎麼沒有把趙姑娘也一併請來？」

「她臉皮薄，就算請了，也不好意思來。」宋承先道。聽語氣，倒是跟那趙姑娘很熟，關係也很親密。

「沒關係，不久以後她就是我嫂子了，臉皮再薄，總也得見我這個小姑吧。」槿嫿笑道。

槿嫿嘴裡的趙姑娘，就是之前宋承先在廣福寺見到的那位女子。

槿嫿本想給他們兩人牽紅線，但一直尋不到機會，還是他們兩人有緣，又一次在廣福寺遇上了。

宋承先自不會放過這個機會，一來二去的，兩人從「生人」成了「熟人」，宋承先近來正打算擇個吉日上門提親呢！

楊婉兒聽到「嫂子」兩字，心裡一緊，她盼著宋承先擺起臉來和槿嫿說「這個玩笑開不得」，可宋承先只是微微一笑，默認了槿嫿所說。

楊婉兒一下子就明白了，敢情那趙姑娘是宋承先的相好，而且看情形，兩人已到了談婚論嫁的時候。

她心都要碎了，鼻子一酸，眼裡的淚差點奪眶而出。

「妳怎麼了？」陳氏見她神色不對，問道。

「我出去一會兒，待會兒就回來。」楊婉兒說著，悄悄地離開了大廳，然後躲到了一個沒人的角落裡偷偷地哭了起來。

她好恨，為什麼她爹和她娘那麼早就去了，什麼財產都沒留給她，偏給她留了個不爭氣的哥哥。

她也恨槿孀，恨她之前趕她走，不讓她留下來。如果讓她留下來，說不定宋承先就不會和什麼趙姑娘在一起，明明上次她來時，高氏跟她說宋承先還是個單身漢的。她活了十六年，就看上了這麼一個男人，結果還沒跟他說上幾句話，告訴他她的心意，他就要娶別人了。

楊婉兒又恨又怨，越想越覺自己委屈，哭得也更傷心。

「這位姑娘怎麼在這裡哭？可是有什麼難處？」

背後傳來了一個聲音，而且是個陌生男人的聲音。

楊婉兒停止了啜泣，兩手捂住了臉，只露出半隻眼睛去瞧眼前的人——一個身穿淺褐長袍的男人，長相也算清秀，年紀看起來跟宋承先差不多，但要跟宋承先相比，還差得遠。

楊婉兒別過了頭，沒有答話。

就算她把她的難處說出來，這個男人也幫不了她，而且她之前從沒見過他，連他姓甚名誰都不知道，若把心事告訴了他，自己不成傻子了？

那人站了一會兒，許是覺得自討沒趣，便走了。

楊婉兒見他走了，又低下頭哭了好一陣。
但她今日是來吃酒的，不是來哭喪的，躲在別人家裡哭哭啼啼的不是個事。
明白了這一點後，她只能把臉上的淚水抹乾淨了，回到大廳去。
進了大廳後，她又見到了那個穿淺褐長袍的男人，一留心才知道他是新來的帳房先生蘇運和——一個她表姊近來很看重的一個人。

開宴的時辰到了，客人們都移步萬珍樓喝喜酒。
萬珍樓樓如其名，除了裡邊的大廚能做出各種各樣的山珍海味，樓裡的擺設也十分氣派，酒樓中間還設有戲臺子。
穆家這一回不僅把整個酒樓包了下來，請了十大桌，應個「十全十美」之數，還請了城裡頗有名的戲班子在臺上表演。
樓上樓下賓客如雲，觥籌交錯，穆家這一回真真是揚眉吐氣了。
大家吃著笑著，誰也沒注意到坐在角落裡的楊婉兒心緒十分不佳。
散席後，槿嫿客氣地說要留陳氏在城裡多住兩日，陳氏惦記著家裡剛養的幾隻雞，又覺帶著楊大壯和楊婉兒兩個十分不方便，便跟槿嫿說不必了。
話了一會兒家常後，陳氏又長吁短嘆起來，說楊大壯做生意虧了本，家裡的屋頂漏雨，得費些錢才能修好。

槿嫿是個一點就通的聰明人，穆子訓考上了舉人，她心裡也高興，便又給了陳氏二十兩銀子，說是要孝敬陳氏的。

陳氏拿了這二十兩銀子，這才眉開眼笑地，心滿意足地帶著楊大壯和楊婉兒回鄉下去了。

牛車晃晃悠悠地，跟來時一樣，還是陳氏坐中間，楊大壯和楊婉兒坐兩邊。

楊婉兒因為宋承先的事悶悶不樂，這一路是一聲也不吭，陳氏和楊大壯卻是一臉喜色，一副撿到了大便宜的樣子。

「奶奶，表姊家現在這麼有錢，妳怎麼不多要些？」楊大壯有些遺憾地對陳氏道。

「二十兩，已經夠多了，鄉下人家，有人一年都用不了二兩銀子。」陳氏怕被那趕車的人聽到，特意壓低了聲音道。

「可要是要做生意，吃得好一些，穿得好一些，這點錢根本就不夠。」楊大壯皺眉道。

「要是拿去賭的話，更不夠。」楊婉兒冷笑道。

「妳說這話什麼意思？我就不能浪子回頭，洗心革面？」楊大壯覺得楊婉兒就是故意和他過不去。

「浪子回頭，洗心革面，這幾個字適合你嗎？狗改不了吃屎才適合你。」楊婉兒毫不留情地道。

楊大壯被她說得火冒三丈，如果不是因為陳氏坐在中間，他都想一腳把楊婉兒踹下車去。

陳氏見他們又吵了起來，勸道：「好了，都給我少說兩句，有什麼事回家不能說，偏要在這車上說，家醜是能外揚的嗎？」

楊大壯和楊婉兒被陳氏這麼一說，也覺在半路上當著車伕的面談這樣的事不妥，便把幾欲出口的話吞了回去。

下了車，進了家門後，楊婉兒率先忍不住了，拉住了陳氏的手道：「奶奶，妳這回無論如何也不能把錢交到我哥手上了。」

「楊婉兒妳什麼意思？表姊給奶奶錢，是為了讓我做買賣的，不給我給誰？」

「呸！做買賣？就你那德行，能做出什麼樣的好買賣？」

「我不行妳行？還是奶奶行？妳給老子搞清楚了，我現在才是楊家的一家之主，這個家還輪不到妳說話。」

「你這回敢拿一家之主的身分壓我了，今天在表姊面前，我就該把你做的事都抖出來，她要是知道你沒皮沒臉的把她留給你翻身的錢都輸光了，你怕是連穆家的門檻都踏不進去！」

楊大壯與楊婉兒一人一句，爭吵不休。

陳氏聽得耳朵發鳴，頭都大了，用力地拍了下桌子道：「冤家！都別吵了，這錢先放在我這兒，你們誰也別想打這筆錢的主意。」

「奶奶可要說到做到，別當著我的面這麼說，一轉身又把這錢放到了楊大壯手裡。」

陳氏一向偏心，又溺愛楊大壯，不怪楊婉兒不信她。

「行了，出去把雞餵了，」陳氏揮了下手，又對楊大壯道：「你也出去，劈些柴火來。」

楊大壯和楊婉兒互相瞪了對方一眼，才散開了。

宴客的大事完了後，穆家上下一下子清閒了不少。

因為想著再過二十來日又得離家上京，穆子訓這些天幾乎是哪兒都沒去，只安心地待在家裡陪一家老小。

這一日，用過早飯後，一家人坐在天井裡消食。

姚氏抱著辰生，右手拿了個撥浪鼓輕輕轉動，逗得辰生呵呵笑了起來。

槿嬗聽著辰生的笑，看了看婆婆、相公，又看了看兒子，覺得自己簡直是世上最幸福的人。

作為一個女人，她現在不愁吃、不愁穿，手上有富裕的銀子使，身邊有疼愛自己的丈夫、可愛的孩子、把她當女兒一樣看待的婆婆，家裡各種瑣碎的事又有僕人可以使喚，若還問有什麼不滿足的地方，或許就是眼前這宅子對如今的穆家來說有點小。

槿嬗想了想，對正看著辰生出神的穆子訓道：「相公，你覺不覺得我們是時候換個大宅子住了？」

「換地方？」穆子訓回過神來應道。

「對呀！如今相公成了舉人，家裡的僕人也多了，這麼多人住在這兒總覺得擠了些。」槿嬗道。

不等穆子訓搭話，婆婆姚氏先點了點頭。「這個老宅子確實跟咱們以前住的大宅子沒得比，不過那大宅子怕是買不回來了。」

姚氏嘴裡的大宅，乃是一座四進三出的園子，裡邊有假山池沼、亭臺樓閣，穆里候在時，穆家光是僕人就有一百多口，姚氏在園子裡住了快二十年，穆子訓是在那兒出生的，穆里候也是在那兒去世的。

姚氏對那園子感情自然非比尋常，但那園子已經轉賣出去了，如今成了某位高官養老的地方，想再賣回來，基本是不可能的了。

每每想起這事，姚氏心裡就憋得慌，但考慮到穆子訓的感受，她從沒在穆子訓面前提過這事。

槿嫿見穆子訓聽到姚氏提起舊宅，臉上的表情微微一變，怕他又自責起來，徒添傷心，趕緊道：「買不回來也不打緊，我們可以在別處另找個差不多的，要是找不到，咱家如今也有不少良田，找個風水堪輿師，請他尋個適合建家宅的福地，另起工造個也是可行的。」

穆子訓認真地道：「要是另造，可不是個小工程，我又得上京去了，娘、娘子，這事還是等我回來再決定吧。」

槿嫿和姚氏聽了覺得有理，便一塊兒點了點頭。

到了十月十三，適宜出行的吉日，穆子訓帶著阿福和張學謹一同往京城去了。

穆子訓一走，槿嫿心裡又有點空落落的。但這份空落落，很快就被一件事給沖淡了。

去年，向小湘研製出來的玉容膏等脂粉的銷量直趕寶記。今年，槿嫿有意和寶記鬥一鬥，在開春時就花了不少精力和幾十個大大小小的商家簽訂了契約。

寶記所製的妝粉只有寶記能賣，這種做法雖然特立獨行，能擠掉許多競爭對手，但從長遠來看，卻是弊大於利。

「貨暢其流」，任何一樣商品，若想長久的盈利，自是流通得越廣，買賣的渠道越多越好。獨家經營，在一定程度上來說，是斷了流通這一條線。

槿嫿此前也想學寶記的經營模式，但經一番考察後，她決定走一條和寶記不一樣的路。

她和那些她精心篩選出來的商鋪簽訂契約，以三年為期，只要是持有契約的商家皆可憑契約到「美人妝」進購玉容膏等秘法妝粉，並且有自由銷售的權利。

可就在作坊正緊鑼密鼓地加大妝粉的製作數量時，出了一件令所有人都想不到的事。

製作玉容膏的原料以紫茉莉種子裡的胚芽為主，紫茉莉花期主要是在每年的六月到十月，果期則在八月至十一月間。

為了保證原料的供給無虞，槿嫿在郊外買了七畝山田，請了三個農民專門種植紫茉莉。紫茉莉原就生長粗放，有專人伺候，開出來的花更大、更香、更多，結的種子粒粒飽滿，胚芽潔白粉糯，更加適宜加工製造。

紫茉莉喜歡蔭蔽的生長環境，槿嫿也怕被別有用心的人知道紫茉莉的用處，因此那花田所處之地較為隱秘，一般的人若不留心，是絕對不會知道在山的另一邊有一大片紫茉莉花田。

眼瞅著這一年的種子可以第二回採收了，誰知某天夜裡忽起了火。入秋後，滴雨未下，天乾物燥，這火藉著風，化作火龍，席捲了半個花田，等到那看守花田的農民喝完酒回來時，火勢太大，已救不過來。

到了第二日，槿嬗接到消息帶著人匆匆趕到花田去時，昔日綠意盎然的花田已成了一片廢墟。

十月裡，被火烤過的土地在晨光中發出幽幽的暗紅，炙熱得燙人。

槿嬗站在田壟邊，兩邊的臉頰被土地的熱氣烘得像高燒病人一樣。

她俯下身去扒拉地上的泥土，泥土中還留著一些沒被火燒成灰的紫茉莉種子。

「這可怎麼辦？這批種子是要用來製作第三批玉容膏的，要是不能按時按量把玉容膏做出來，如何跟那些已下了訂單的商戶交代？」向小湘在槿嬗身邊蹲了下來，邊撿著土裡殘留的紫茉莉種子，邊擔憂地道。

槿嬗眼裡隱隱含著淚水，這是她從商以來遇到的最大一個危機。

她憤怒、灰心、無力，但她不能就此害怕退縮。

十月，天氣乾燥，林裡起火的事不是沒有，但這花田的大火，明顯不是天災，而是人為。她若亂了陣腳，只會遂了壞人的意。

值得慶幸的是，這場大火沒有造成人員傷亡，也沒有禍及附近的山林，不然，就更難收拾了。

槿嫿把眼淚忍了回去，冷靜地想了好一會兒，對站在身後的夥計道：「你們到四周仔細察看，看看能不能找到什麼線索。」

「是，少奶奶。」

夥計們散開後，槿嫿又對向小湘道：「向師傅，你別擔心，種子，我會派人另去採購的。」

另去採購，不但勞力傷財，就是那時間，也不一定來得及。向小湘看著手裡烏黑的種子，嘆了一口氣道：「少奶奶，不如退單吧。」

「不能退單，契約已經簽訂，今年是我第一回和他們合作，要是就這樣退了單，不僅要賠償違約金，傳揚出去，更有損『美人妝』的聲譽，這樣以後『美人妝』還怎麼在商界立足？」

向小湘聽到槿嫿這麼說，不敢吭聲了。

槿嫿慎重地道：「如今正是紫茉莉種子成熟的季節，這種子不是稀罕物，我會想辦法在預定的時間內把種子收購齊全，送到作坊。向師傅，這事，你先不要告訴作坊裡的任何一個工人，這段時間也請向師傅提高警惕，好好看守作坊，預防有人對作坊下手。」

「是，我一定會注意的。」向小湘趕緊鄭重地點了點頭。

沒多久，一個夥計指著地上，遠遠地朝槿嫿喊道：「少奶奶，快來看。」

槿嫿大步流星地走了過去，在他手指的地方發現了一些酒罈子的碎片，還有半截未被燒掉的火摺子。

「少奶奶，這一定是那放火的龜孫子留下來的！」

「沒錯，」槿嫿當機立斷道：「你守在這兒不要離開，我叫人去報官。」

抓賊這事，官府比她更擅長。

交單的時間快到了，紫茉莉的種子又被毀了，宋承先得知這事，再次向槿嫿伸出了援手。

紫茉莉的種子入藥可清熱化斑、利濕解毒，原就是一味藥材，知安堂做的就是藥材生意，自有收購紫茉莉種子的途徑。

有宋承先出手幫忙，槿嫿是鬆了好大一口氣。

送走了宋承先後，蘇運和來到了槿嫿屋子，他欲言又止地看了看槿嫿，良久才道：「少奶奶覺得這事是誰做的？」

是誰？槿嫿自然第一個就想到了郭友長，畢竟這麼長時間以來，也只有郭友長一直和「美人妝」明爭暗鬥。

但凡事講究證據，在沒有確鑿的證據證明縱火案背後的指使者就是郭友長前，她不敢往他頭上扣帽子。

蘇運和見槿嫿心裡已經有了數卻不明說，直言道：「一定是郭友長派人做的。」

「已經報了官，官府的人也到現場察看過了，希望能早點找到縱火的凶徒，知道是誰放的火，要揪出幕後主使的人也容易得多。」槿嫿道。

「郭友長欺人太甚，少奶奶，這一回妳絕不可手軟，要是再放虎歸山，只會後患無窮。」蘇運和握緊拳頭勸道。

槿嫿向來不願意與人交惡，與郭友長多次交鋒不過只是點到為止，可沒想到對方如此咄咄逼人。

被蘇運和這麼一激，槿嫿亦握住了拳頭道：「我知道了，這一回我一定不會善罷甘休。」

蘇運和見槿嫿已下定了決心要和郭友長鬥到底，臉上露出了一絲滿意和別有意味的笑。

兩日後，幫忙收購種子的宋承先給槿嬧帶來了一個不太好的消息。

在七、八天前，有個姓張的商人以極低廉的價格把方圓十里的紫茉莉都收購殆盡了。

槿嬧一聽這個消息，就覺這事不對勁。

紫茉莉用途雖廣，但許多人並不知道它的用處，再加上揹著野花的名頭，向來不怎麼受人待見。

她還沒有開闢花田前，叫人下鄉收購紫茉莉的種子，不少鄉民見了都不明所以，還嘲笑說有人竟花錢買野花種子，絕對是個傻子。

那位姓張的商人忽大量收購紫茉莉的種子，偏還選在花田被毀前，不得不讓槿嬧覺得這是個巨大的陰謀。

而宋承先接下來說的話，更證實了這一點。

宋承先道：「我派人仔細打聽了一番，才知那商人叫張七，可這張七是個做草鞋的散戶，為人吝嗇，手頭上也沒有什麼銀子，沒理由非要使那些冤枉錢去收購紫茉莉的種子。我覺得十分奇怪，又讓人留心著他家，結果，妳猜我發現了什麼？」

「什麼？」槿嬧知道宋承先接下去要說的，絕對是她感興趣的。

「張七有個姊姊，是個寡婦，長得挺標致的。她有個姘夫，每隔一段時間就會到她那兒和她私會，那個姘夫不是別人，正是郭友長。」宋承先說到最後一句時，特意提高了音量。

「果然是郭友長在背後搞鬼。」

槿嫿憤恨地拍了下桌子，但就算知道了這一點，沒憑沒據的，她眼下也沒法到官府去告他。

思索了良久，槿嫿忽想起了什麼，轉怒為笑道：「我聽說郭友長的婆娘戚氏十分凶悍，郭友長竟敢背著她在外面養女人，你說，要是這事被戚氏知道了，她會怎麼做？」

郭友長年少時家境一般，娶了戚氏後，得了岳丈的扶持，才有了今天。戚氏性子潑辣，說一不二。人人皆說郭友長在外再怎麼呼風喚雨，到了戚氏面前，也只有被她拿捏的分。

宋承先道：「以戚氏的行事作風，雞飛蛋打是難免的，郭友長至少得掉一層皮吧。」

宋承先已猜到槿嫿要做什麼。不過，就算利用這一點，把郭家弄得家宅不寧，讓郭友長夫妻反目，種子的事依舊沒有解決。

「郭友長先不動聲色地派人收購種子，後又安排人燒毀花田，擺明了是設下連環計，要讓我無路可退，成為他案板上的肉任他宰割，」槿嫿思忖了好一會兒後道：「哥哥，你把張七的地址給我，我去會一會他。」

「妳打算從他手裡把種子買下來？」宋承先道。

「郭友長叫他收購種子，就是看準了我會和他買。交單的時間快到了，這筆生意是做也得做，不做也得做。」槿爐咬牙道。

「三里有貨不去五里進」，如果跑到外地去收購種子，不僅路程遠，耗時長，運費貴，成本也會翻上好幾番，太划不來了。

無論如何，她都得先去會會張七。

「他燒了妳的花田，害妳損失了一大筆錢，現在又等著妳上門送錢給他花，真夠狠毒的。」宋承先冷笑，頗為槿爐不平。

可眼下，除了從張七手裡把紫茉莉的種子買回來，也沒有其他更好的辦法。

仔細想想，郭友長其實可以把收購來的種子盡數銷毀的，可他不這麼做，是想從精神上折磨槿爐，用意在於示威，要讓她知道，她是鬥不過他的，只能吃啞巴虧。

「妹妹，現在還找不到確鑿的證據，只能暫時忍讓，妳可千萬要撐住。」宋承先安慰道。

「我撐得住，哥哥別擔心，要是這點委屈、這點事都熬不住，那我當初也不會開店做生意了。」槿爐道。

她雖然氣憤，但也不至於害怕、退縮。畢竟她是死過一回的人了，連死的滋味都嚐過了，別的，還有什麼過不去的？

「妳想自己去？真的不需要我幫忙？」宋承先不太放心地問。

「放心吧！我一個人行的。」槿嫿胸有成竹地道。

第二日一早，槿嫿便親自去見了張七。

之前郭友長讓張七去收購紫茉莉種子，說可以助他賺一筆錢，他還不信，如今聽見槿嫿說要和他買種子，他才明白，槿嫿就是郭友長嘴裡的「待宰的肥羊」。

槿嫿和張七聊了好一會兒，發現張七長得雖凶，說話粗聲粗氣的，但不過就是個沒啥見識又沒主見的村人，就連他一直咬定說「一口價五百兩」，怕也是郭友長叮囑他這麼說的。

而站在張七身邊，自稱是張七姪兒的年輕人阿四倒是一臉精明會算計的模樣。

「五百兩就五百兩吧！」槿嫿驗了貨後，爽快地道。

她來之前算過帳，要是到外地去收購足夠數量的種子，算上收購費、人力費、運輸費等等，差不多也要四百兩。

張七開價五百兩，尚在她的接受範圍內。只可惜這批種子質量不夠上乘，數量也不夠，到時，她還是得派人另到外地去收購。

但那也是以後的事，眼下能得到這批種子解了燃眉之急，就算張七再加一百兩，她也會咬牙買下的。

「妳不講價？」張七被槿嫿的豪爽驚到了。

畢竟，他是花了不到八十兩就從那些村民手裡收購到了這些種子。

「可以講嗎？」槿嫿故意瞪大眼睛道。

張七趕緊擺手。「不行，一分錢也不能少。」

「那不就得了。」槿嫿笑道：「張老闆，這些貨我全都要了。你稍等，我這就讓人去取錢，咱們一手交錢，一手交貨。」

「這麼急，明天不行嗎？」槿嫿太過爽快，讓張七心裡有點打鼓，明明郭友長和他說的是「那女人不是個好對付的」。

他這幾日還在心裡想了好多個辦法，準備要對付「難對付」的槿嫿。

槿嫿搖了搖頭道：「不行呢！不瞞張老闆，我這個人生來性子就急，在買東西時更沒有耐心。再說，張老闆難道不想早點賺到錢嗎？那可是一整箱白花花的銀子，比銀票好看得多。」

張七一聽見「一整箱白花花的銀子」，兩眼立即發光，趕緊點頭道：「沒錯，急些好，急些好。」

他平日裡不過賣賣草鞋，哪見過五百兩銀子，這次收購紫茉莉的種子，郭友長給了他五十兩本錢，他自己出了三十兩，想想這五百兩銀子到手後，還得跟郭友長分，他就有些肉疼。

早知道這錢這麼容易賺，這麼暴利，他就應該吃獨食。如今倒好，他受苦受累去收種子，郭友長不過只比他多出了二十兩銀子，沒流一滴汗、走一步路，卻能分到和他差不多的錢。

他越想心裡越不平衡，完全把如果不是郭友長，他根本賺不到這筆錢的事給忘了。

坐了好一會兒，夥計們取錢來了，槿嫿讓張七清點銀子。

張七算數不太好，就讓他姪子阿四幫忙清點，那小子非常麻利地把銀子清點清楚了。

張七收下錢後，槿嫿立即叫人把紫茉莉的種子搬到馬車上，直接送到作坊。

槿嫿看著張七和阿四貪婪地摸著箱子裡銀子的模樣，笑道：「張老闆，我們做成了這筆交易，也算是朋友了，有件事，還得拜託張老闆。」

「妳說。」張七頭也不抬地應道。

「請張老闆不要跟任何人說這種子是我花了五百兩買走的，你也知道，我以前也讓人到鄉下去收購過種子，給出的價是遠遠低於眼下的價，這事要是傳了出去，那些鄉民不都拿我當奸商？以後我若還想做他們的生意就難了。」槿嬑苦惱可憐地道。

張七心裡暗想，這事若傳出去，那些人不會拿妳當奸商，只會拿妳當傻子。但繼而又想，唉！她說的也有道理，要是那些鄉巴佬都知道這種野花種子這麼值錢，以後他若再去收購，他們鐵定會提高價格，那他能賺的錢就變少了。

「行的，行的。」張七連連點頭。

槿嬑假裝喜道：「那就多謝張老闆，若真有人問起，你就跟他們說，這種子只賣了二百兩，這樣一來，我也好交代。」

張七眼珠子一轉，連連道：「好的，好的，我知道了。」

「那告辭了。」

槿嬑離開了，離開前暗暗向一個夥計使了眼色。

那夥計會意過來，雖是和槿嬑一塊兒來的，但沒有一起離開，而是偷偷地伏在了窗下，準備探聽這兩人事後說的話。

「叔叔，你聽到那女人說的話了嗎？」阿四壓低了聲音道：「反正郭老闆又不在這兒，等他問起，咱們就說這些貨只賣了三百兩，那剩下的二百兩，不都是叔叔你的？」

「可是郭友長叫我沒有五百兩不能賣。」張七猶豫地道。

「這買賣的事，還不能講價嗎？叔叔，你想想，當初可是姪兒和叔叔吹著風、頂著太陽，一個村一個村、早出晚歸才把這些種子收起來的，咱們又出錢、又出力，郭老闆除了給了那五十兩之外，可啥事都沒做。」

「話是這麼說沒錯，但……」

阿四見張七還是下不了決心，又苦口婆心地勸道：「再說那郭老闆已經那麼有錢了，少那麼一、二百兩，對他也沒有任何損失，而且就算他發現了這事，有姑姑在，他還敢為了那點錢跟你這個小舅子翻臉呀？」

張七一拍大腿道：「你說得對，照剛才那女人說的，就算有人問起，她也會說只花了二百兩就買下了這批貨，咱們若說三百兩反而高了，說五百兩絕對沒人信。沒錯，就這麼辦，快點，把那二百兩數出來藏好。」

埋伏在外頭的那夥計聽到了數銀子、搬銀子的聲音，之後便沒有再聽下去，趕緊回「美人妝」給槿嫿覆命了。

第十六章

不出槿嫿所料，張七叔姪倆果然起了占便宜的心思。

聽了夥計的回報後，槿嫿深深一笑，另一頭立即讓人暗暗放話給郭友長知道，她是花了六百兩才買下了這批貨的。

她不立收據，又用銀子代替銀票交付，就是想在價錢上做文章，讓他們起內鬨。

這筆錢，雖逼不得已得讓郭友長賺去，但她絕不會讓他賺得那麼輕鬆。

這一回從張七手裡買到了大量種子，總算暫解了作坊的燃眉之急。

那花田雖被燒毀了，但紫茉莉生命力頑強，深扎在底下的根塊還活著，過了春又會萌芽，到了夏天保准會再開花。

這樣一來，倒省下了修剪施肥的工夫。

幾日後，她坐在店裡，小竹從外邊回來跟她道：「少奶奶，今兒寶記那兒好不熱鬧。」

「說來聽聽。」槿嫿來了興致。

「那郭友長的婆娘不知怎麼了，知道了郭友長在外養女人的事，直接跑到店裡和郭友長鬧，手裡還拿了根麵杖，把郭友長打得鼻青臉腫的，店裡店外圍觀的人站了一圈又一圈，愣是沒有一個人敢去攔、敢去勸的。郭友長也是奇怪，那麼大個的人，被婆娘一打，一句狠話都不敢說，只會抱著腦袋東躲西藏。」

小竹說得活靈活現的，槿嫿雖沒有親眼見到那一幕，只聽她描述，也能想像得到當時現場有多混亂。

「人家夫妻之間的事，郭夫人又那麼凶悍，去攔的不是傻子，就是想吃麵杖的。」槿嫿捂著嘴笑道。

郭友長的婆娘總算是幫她出了一口氣。小竹不來跟她說，她也猜到郭友長近日必是要出事的。

她利用價格的事挑撥了郭友長和張七之間的關係。郭友長看在張七姊姊的分上本意是要抬舉張七，讓他發一筆橫財，誰知張七銀子到手了，卻過河拆橋。

郭友長豈能讓他欺到頭上，不僅把張七大罵一頓，還要張七一個子兒都不能少的把錢還他。

吃進肚子裡的東西哪還有吐出來的道理？張七死不承認自己吞了錢，一口咬定那批貨就只賣了三百兩，還在郭友長的姘頭，也就是他的寡婦姊姊面前哭天搶地，說郭友長做人太不厚道，連小舅子都敢算計。

張七的姊姊不明所以，受了張七的挑唆，以為郭友長真的坑了她的弟弟，心道：我當初也是一門心思要好好守寡的，你來撩撥我，害我失了名節，又不肯休了那悍婦娶我。這麼多年了，我是連個妾都不如，整日躲在這屋子裡，像隻老鼠一樣見不得天日，如今你還來跟我弟弟過不去，真真是混帳王八！

張七的姊姊既有了這種想法，少不得要跟郭友長鬧。

郭友長花錢養她，當初就是看中她溫柔體貼，跟家裡的母老虎完全不一樣，哪知這女人發起潑來，都是差不多的。

郭友長平日裡要受家裡婆娘的氣，如今哪能讓自己受外邊女人的氣。況且張七的姊姊年紀一年比一年大，他也有些厭了，張七又是個不可靠的，狠了狠心，他便跟張七的姊姊提出要好聚好散。

張七的姊姊跟了他這麼多年，哪曾想到郭友長會說出這麼絕情的話，心想他既無情，那就休怪她無義！

她直接找到了郭家，把自己跟郭友長的事告訴了郭友長的婆娘戚氏。

郭友長當年不過就是個窮小子，靠著岳父的扶持才有今日，戚氏敢在郭友長面前蹬鼻子上臉，就是因為她娘家勢力大呀！

誰知道郭友長吃了熊心豹子膽，表面對她恭順，暗地裡卻背著她養了這麼多年的

「野雞」，戚氏氣得炸毛，當即讓人把張七的姊姊打了一頓。張七的姊姊被打得大叫，滿地打滾。戚氏瞅著仍不解氣，直接衝進廚房抄起了一根麵杖，怒火沖天地往鋪裡奔去。

然後，就發生了小竹所說的一幕。

「郭大商人出了這事，臉上又掛了彩，怕是有好長一段時間不能出來了。」槿嫿心舒意暢地道。

「家醜不可外揚，郭友長自認是個有頭有臉的人物，被自己的婆娘當街毆打，還是因為養姘頭的事，我要是他，直接找塊豆腐撞死得了。」小竹嘻嘻地笑道。

郭友長若不在外邊養姘頭，槿嫿一時半刻還無從下手對付他。

可見，亂搞有危險，危害大無邊。

「妳讓人留心郭家的事，有什麼動靜，再來跟我說。」槿嫿交代道。

不怪她幸災樂禍，郭友長耍詭計害得她勞心勞力不說，還虧了許多錢，好不容易見他弄得灰頭土臉了，她可不能錯過這看戲的好機會。

事情過了半個月後，小竹跟她道：「少奶奶，郭友長臉上的傷淡了，但我聽說他婆娘鬧著要跟他和離呢！」

「這郭夫人倒是個性情中人、女中豪傑。」槿嫿不由得對戚氏生了幾分敬佩之心。

「可不是嗎？聽說那姘頭被打成了重傷，她弟弟張七上門討要醫藥費，不但一分錢沒要到，反也被打了一頓。那張七咬著牙到衙門去告郭家，戚氏衝進了縣衙大門，指著張七又大罵了一頓，不僅張七不敢再吭聲，就連那縣官老爺也被嚇破了膽。」

「這是何解？」

「大家說縣官老爺也是個妻管嚴，而戚氏罵人的樣子跟縣官夫人一模一樣，縣官老爺見了戚氏就想起了他的夫人，心虛手抖得厲害，哪還擺得出做縣官老爺的威風。」

槿媗聽到這話，又是一陣笑。她要是學她們的樣，抖起威風去罵穆子訓，怕是穆子訓也只有求饒的分。

對比起來，她簡直是無比的溫柔賢慧。

槿媗正沈浸在自我滿意中，有人輕輕地敲了敲門。

「哪位？」小竹問道。

「少奶奶，是我，運和。」蘇運和道。

槿媗示意小竹去開門。

蘇運和手裡拿了幾本帳簿走了進來。

槿媗奇怪地道：「蘇先生，這帳簿不是昨兒才拿過來給我過目的嗎？難不成還有什麼不妥之處？」

「不，少奶奶，這不是咱們『美人妝』的帳簿。」蘇運和目露心機，似笑非笑地道。

看他那神情，槿嬧就知要有大事發生了。她請蘇運和坐下，命小竹看茶。

蘇運和把帳簿呈到了槿嬧手裡道：「少奶奶請過目。」

槿嬧拿起了帳簿，一頁一頁細細地翻看。起初，她是皺著眉，後來，她雙瞳放大，「啪」地一聲合起帳簿，激動道：「這是……這是……」

「沒錯，這是寶記這些年來偷商稅的證據。」蘇運和道。

他在寶記待了那麼多年，又在寶記帳房先生身邊打了那麼多年下手，對寶記的一些髒事是再清楚不過。

郭友長當初趕他出寶記，其中有一個原因就是因為發現他對稅務這一項起了疑心。但郭友長沒有十分的肯定，所以只是趕走了他，並沒有對他狠下殺手。

但這事就是懸在蘇運和頭上的一把利劍，要是郭友長哪天反應過來，知道蘇運和手裡有他的把柄，豈能讓他好過。

所以與寶記徹底決裂，投身「美人妝」後，蘇運和便一直在暗中收集證據。

他記憶力好，在做帳這一事上更極有天賦，過了這麼長時間，他總算把證據收集全了。

「有了這個帳簿，郭友長是再也翻不了身了。」槿嫿道。

偷稅是大罪，朝廷這幾十年來一直鼓勵百姓舉報偷稅、逃稅的行為。郭友長這些年合起來所偷的數目不小，若他無法按規把罰款補齊，那將面臨的便是抄家封鋪下大獄。

「少奶奶，待除去了郭友長，咱們就可高枕無憂了，少奶奶也可乘機收購寶記。不久以後，『美人妝』便是全城最大的胭脂水粉商行。」蘇運和激動地道，聲音微微顫抖，臉上寫滿了鬥志與野心。

槿嫿欣賞有幹勁、有野心的男人，但蘇運和的表現總讓她覺得有點不舒服。

或許是因為她是個女流之輩，生來性子比較和善，做不出趕盡殺絕的事。

可商場如戰場，她若不藉這個機會給郭友長一個重擊，郭友長一旦有了喘息的機會，一定會再對「美人妝」不利。

槿嫿下定了決心道：「此事蘇先生若是不便出面，我會另尋人把事情辦妥的。」

「那一切就有勞少奶奶了。」蘇運和道。他在寶記待過那麼多年，又與郭友長有過節，若他出面，肯定會遭來非議。

幾日後，槿嫿便把整理好的帳簿託人送進了稅官府邸。

那稅官新官上任，正想做出點業績給別人看，也好殺雞儆猴，得了帳簿後立即命手下查辦這事，不下七天，郭友長就被拘留進了縣衙大門。

接下去便是封店，重清財產，繳納罰款。

郭友長的婆娘戚氏在這之前一直在和郭友長鬧和離，如今郭友長大禍臨頭，大家皆以為戚氏會帶著兒子、兒媳一走了之，誰知戚氏非但沒走，反而帶著兒子、兒媳四處奔走籌款，上下打點。

半個月後，戚氏不僅把郭友長保了出來，還變賣家產，把罰款也繳納上了。

經此大劫，寶記是難以再經營下去了。除了寶記，郭友長手下別的商鋪基本也是關的關、抵的抵。

此時，蘇運和再次提議槿嫿乘機收購寶記，拿到寶記潤膚香膏的秘方，那郭友長就再也沒有翻身的機會了。

但槿嫿卻不想趁人之危，其實就連蘇運和交給她的帳簿，她也沒有完全交到稅官手裡。

不然，郭家上下此刻怕是連條褲子都不剩。

她這般手下留情，是想起了當年穆家傾家蕩產時的情景，她不想再經歷那樣的慘事，將心比心，也不忍心見別人那樣，而且她是有幾分敬佩戚氏的，也想賣她個面子。

況且和郭友長明爭暗鬥了這麼長時間，郭友長沒對她做到趕盡殺絕的分上，她自也要留三分餘地。

蘇運和有些怪怨槿嬙婦人之仁，但槿嬙現在是他的東家，有權決定做什麼，不做什麼。他只能好聲好氣地提醒槿嬙。「少奶奶仁慈，但郭友長不一定會念少奶奶的好。豬急了上樹，狗急了跳牆，他走到了這般田地，自會懷疑起妳我，少奶奶千萬要注意提防！」

「知道了，蘇先生也要小心。」槿嬙微微地點了點頭。

接近臘月，天氣愈發寒冷，剛入夜，街上就見不到多少行人了。大多鋪子都早早打了烊，「美人妝」也不例外。

慢慢地，一輪冷月孤零零地掛到了幽藍的天空上。

街上愈發冷清，許久許久才能聽到一陣腳步聲、一陣車輪聲，或者一陣貓叫，突然間，有兩個人影鬼鬼祟祟地出現在「美人妝」店鋪附近。

其中一個高瘦，一個略胖，兩人手上都拽著酒罈子。

那高瘦的和胖的交換了一下眼神，心照不宣地來到了「美人妝」的窗腳下，然後解開了酒罈子封口的木塞，把酒潑在紙窗上。

酒罈子裡的酒潑盡後，那略胖的男人熟練地從懷裡掏出火摺子，就在正要點燃之際，猛地有人大喝了一聲。「什麼人？」

略胖的男人嚇得火摺子都掉到了地上，正要跟同伴逃走時，四周忽火光舞動，把他倆團團圍住。

「夜黑風高，二位光臨我這『美人妝』有何貴幹？」

槿嫿從人群裡走了出來，身上裹了件黑色的披風，手裡高舉著一根火把。

「穆少奶奶。」那高瘦的男人認出了槿嫿，顫聲驚道。

槿嫿冷冷一笑。「有什麼話，到衙門去說吧！」

話音剛落，早等候許久的官差便上前來把縱火未遂的兩人押住了。

原來，槿嫿怕出事，這段時間都吩咐底下的人留心「美人妝」店鋪裡外的情況。前兩日，底下的人告訴她，有個男人白天時在「美人妝」總店周圍轉了好幾圈，看神情不像個善茬。

槿嫿猜到他們會有所行動，特意來了個「甕中捉鱉」。

如今人證物證俱在，他們是想賴也賴不了了。

那兩賊人進了縣衙後，怕受刑，直接把郭友長供了出來，說是郭友長因為和「美人妝」的東家有過節，所以收買指使他們兩人放火。

刑曹又問，上回火燒花田的事是不是也是郭友長指使他們兩人幹的？那兩人不敢欺瞞，當下把放火燒花田的事也招了。

至此，真相大白。

刑曹把這事報給縣令，縣令立即下令逮捕郭友長歸案。

才出大牢不到半個月的郭友長，又再次進了縣衙大獄。

教唆他人縱火，按當朝律令至少得監禁三年，這一回，郭友長的大獄是蹲定了。

更何況那縣令知道槿嫿是穆子訓的夫人，穆子訓已中了舉，如今又赴京參加會試去了，不管這番能不能高中，以後有很大的機率都會成為他的同僚，他若在這事上不秉公處理，有一絲一毫的包庇，穆子訓回來後若較起了真，他豈不自找麻煩？

郭友長的夫人戚氏見縣衙那條路行不通，只得攜著兒子、兒媳到穆家來，給槿嫿和姚氏磕頭道歉，求槿嫿看在郭友長在獄中已有悔過之心，年紀也大了的分上，替他向縣太爺求求情。

槿嫿見她也是可憐，而且郭家已盡數賠償了損失，到了山窮水盡的地步，因此便向縣令說了情，把三年的監禁改成了兩年。

戚氏見減了刑，又上門來跟槿嫿道謝。

槿嫿輕聲道：「郭夫人不必客氣，只盼尊夫出獄後能不記恨我。」

她之前已放過郭友長一馬，偏偏他不知道收手，反而懷恨在心，指使那兩個凶徒燒她的鋪子。

這回槿嬧雖替他向縣令求了情，但這完全是出於她的善良，和對戚氏的同情。郭友長以後是人是鬼，她是沒有把握的。

戚氏趕緊道：「穆少奶奶放心，經此一事，要是那老貨還不知道悔改，還敢給穆少奶奶惹一絲一毫的麻煩，那他便是活該要被天誅地滅，天打雷劈。」

槿嬧聽她咒得這麼狠，想來待郭友長出了獄，戚氏一定會對他嚴加管教的。

其實，在郭夫人前來替他求情前，她也曾到獄中看過郭友長一回，只見郭友長像是一下子老了十多歲，頭髮白了一大半，臉上雖還有幾分不甘，但已無曾經的意氣風發。

槿嬧盯著他看了一會兒，他也盯著槿嬧看了一會兒。

良久，郭友長才道：「妳贏了。」

槿嬧淡淡一笑。「郭老闆向來都不是輸給我，而是輸給了你自己。」

郭友長不置可否。

臨走前，槿嬧才道：「我已答應了郭夫人會向縣令求情，她是位好妻子。」

說完，她轉身走了，然後聽到後邊傳來了低低、壓抑的抽噎聲。

戚氏微微地嘆了一口氣道：「我與我那兒子和媳婦商量過了，等友長出了獄，我們便搬到別的地方去。」

人言可畏，郭友長聲譽已毀，留在這兒莫說不利於今後的發展，就是那明裡暗裡的恥笑也不是一般人能消受得起的。

槿嫿道：「這樣也好，郭夫人如此賢慧，有妳在，郭家未來可期。」

戚氏雖然性子潑辣了些，但明事理、有魄力，她那兒子教得也還不錯，郭家總還是有希望的。

一眨眼又到了春節，穆家裡裡外外熱鬧歸熱鬧，但穆子訓不在身邊，槿嫿總覺這年過得沒什麼意思。

會試在春二月舉行，算算時間，穆子訓歸來時已是仲夏。

槿嫿抱著辰生，帶他到門外看僕人們放煙花。

辰生看著那些絢麗的火光，高興地道：「光……光……」

「這叫煙花，如果爹爹在，就能陪辰生一塊兒放煙花了。」槿嫿道。

「想爹爹……」辰生奶聲奶氣地道。

「娘親也很想爹爹，等到蟬叫了，梅子熟了，爹爹就回來了。」槿嫿低聲地對辰生道。

穆子訓此時獨自待在客棧內，聽到外邊鞭炮連天，萬家齊樂，想到自己「獨在異鄉為異客」，又恰逢萬家團聚的除夕，一股酸楚思鄉之情油然而生。

「今夜鄜州月，閨中只獨看。遙憐小兒女，未解憶長安……」穆子訓低低地吟起了杜甫的〈月夜〉，遙想著槿嫿此時應和姚氏、辰生在用年夜飯。

張學謹穿了一身靛藍的棉袍，邊搓著手掌，邊走進來道：「訓哥果然在這兒，董敬兄在三省齋為我等未能歸家的考生設了個除夕詩社，訓哥可要一同前去？」

董敬也是待參加會試的舉人，但與他們不同的是，董敬是京城本地人，家道殷實，又樂於交友，在考生中人緣頗佳。這三省齋是董敬的書房，名字來源於論語中的「吾日三省吾身」。

穆子訓抬起頭笑道：「極好，長夜漫漫，正適合同大家一塊兒賦詩守歲。」

「那快走吧。」

過了年，張學謹又長了一歲，但臉上稚氣未脫，笑起來仍一臉天真。

不多時，穆子訓隨他一塊兒到了三省齋。

一入門便見屋子中間擺了個大烤爐，爐上烤著一隻羊，爐旁還擺了好幾瓶酒，而角落旁高大的冬瓜瓶裡則插著一枝紅梅。

烤羊的味道混著紅梅的幽香，真真是怪異而新鮮。

比他們先到的五個考生全都站著，正互相交談。這些人大多都是去歲新中的舉人，來自五湖四海，皆是博學風雅之人，聚在一塊兒自是古今中外，無所不談。

穆子訓和張學謹到了後，先向董敬打了招呼，後再一一地和其他人作了揖。

在這些人中，論學識、論文章，穆子訓跟別人尚沒得比。此番會試，他有很大的把握，他是要名落孫山的，但他並不氣餒，能夠到京城來結識這麼多優秀的才俊，聽他們談古論今、針砭時弊，乃是人生一大幸事和樂事。

學子們都到齊後，大家寫詩喝酒吃肉，圍爐夜話，一直到天明才散去。

穆子訓有些微醉地回到客棧，躺在了床上，眼睛一閉，卻又想起了遠在家鄉的槿嫿。

「娘子……」他叨叨地唸著，復又起了身，給槿嫿寫了一封家書。

山長水遠，待槿嫿收到家書時，已經是二月了。

槿嫿接到那信，下意識地想起了會試的時間差不多到了，穆子訓定是寫信跟她說科考的情況。

結果打開了信，發覺這是他除夕夜寫的，這才知道自己算錯了時間，忍不住把自己笑了一頓。

「槿嫿呀！聽說子訓又來信了是不？」姚氏興沖沖地走進大廳道。

「是，除夕夜寫的，寄了一個多月才到我們這兒。」

「啊，我還以為子訓是寫信回來報喜，說他高中了呢！」姚氏坐到了槿嫿對面道：「子訓在信裡寫了什麼？」

「也沒什麼，就是說他很好，然後想娘、想辰生之類的。」槿嫿道。

姚氏抿嘴一笑。「我看他是想妳。」

「娘。」槿嫿有些不好意思了。

「你們小倆口感情好，不在身邊能不想嗎？這也沒什麼害臊的。」姚氏道。

兩人正話著家常，只聽見大門被人重重地拍了三下。

槿嫿和姚氏皆是神色一變。

重拍三下大門是報喪的意思，難不成……

不多時，果聽見門丁來報，說鄉下差人送訃告來了，槿嫿的外婆陳氏在前日西去了。

「這……春節前，不還好好的嗎？」姚氏的驚訝不亞於槿嫿。

春節前陳氏還帶著楊婉兒、楊大壯到穆家來走親戚來著，陳氏雖然已七十來歲，但那時的她臉色紅潤，說起話來中氣十足，不像是要不久於人世的。

槿嫿想她難得來一趟，又將近春節，給了陳氏一百八十兩孝敬錢，陳氏拿了錢後歡歡喜喜地對槿嫿道：「二丫！外婆知道妳現在要什麼有什麼，鄉下的蘿蔔快收了，是外婆親手種的，等收了蘿蔔後，外婆給妳醃甜蘿蔔吃，妳娘以前最喜歡吃外婆醃的甜蘿蔔了。」

回想起這一幕，彷彿還在昨日，槿嫿真沒想到陳氏會這麼突然地就去了。

她讓門丁把報喪的人請進來，問陳氏是如何去的。

報喪的人長嘆一聲道：「這事我不方便說，穆少奶奶還是見了妳那表妹，再請她詳說吧。」

槿嫿聽到這話，知道陳氏的死定有隱情。

如今她爹娘、舅舅、舅媽皆去世了，表弟、表妹又還沒成家，這麼大的事，他們定應付不來。

槿嫿請示了姚氏後，把家裡的事都交代清楚了，便帶了兩個幫手馬不停蹄地往鄉下去了。

槿嫿趕到外婆家時，太陽已經西斜，早春的黃昏還帶著幾分入骨的涼意。

村道旁的枯樹上站著幾隻麻雀，發出了「啾啾」的叫聲。

她下了馬車，只見楊家褪了紅漆的大門上掛了只白燈籠。

楊家的屋子老舊，進了院子，那窗戶上糊的紙卻都是嶄新的，想是春節前後修整過的。

院子旁擺了一張四方桌，有兩男一女正圍著桌子喝茶，看年紀皆是四十歲上下的，衣著也都很不講究。

他們見來了人，一下子停止了說話，只陌生地看著槿嫿。

槿嫿不認得他們，他們也不認識槿嫿，發現槿嫿身後還跟了兩個僕人，猜槿嫿定是有些身分的，但鄉下人大多沒見識，誰也不敢輕易上前搭話。

槿嫿想他們必是住在這附近，被楊家請來幫忙的，便與他們微微地點了點頭，然後往靈堂走去。

靈堂設得簡陋，只有一個靈床和一個神位。

楊婉兒披麻戴孝地跪在靈堂前，兩隻眼睛哭得跟腫泡一樣。

槿嫿往那停靈的床望去，陳氏正直挺挺地躺在上邊，身上還蓋著大紅的壽布。

槿嫿鼻子一酸，眼淚便止不住地流了下來。「外婆，二丫來看妳了。」

楊婉兒聽到槿嫿哭，霎時哭得比槿嫿還要厲害，她抱住了槿嫿的雙腿道：「表姊，妳來了……奶奶臨走的前兩天還念叨著妳，要給妳送醃好的甜蘿蔔。」

槿嫿聽到這一句，又是一陣簌簌落淚。

幾年前她娘去世了，如今她娘的娘也去世了，血脈相連，她內心莫名的悲戚起來。

「表姊……」楊婉兒抱住了她的腿，哭得上氣不接下氣。

那在院子裡坐著的人聽到她倆哭聲，才知道槿嫿就是陳氏那個有錢的外孫女，皆圍了過來，在門外呆呆地看著。

良久，槿嫿才停止了哭泣，擦乾了淚後，給陳氏上了三炷香。

那圍觀的一女二男仍站在門口呆呆地望著。

槿嫿看了他們一眼，又掃了一眼靈堂，對楊婉兒道：「大壯呢？妳哥哥到哪兒去了？」

楊婉兒咬了下唇，沒有回答，反給槿嫿使了個眼色。

待那三人被槿嫿帶來的僕人支走後，楊婉兒才哭著對槿嫿道：「表姊，這事誰問我都不敢實話實說，但表姊問起，我與妳照實說了吧。」

楊婉兒抽噎著對槿嫿道：「表姊之前救了我哥哥一命，他本當著我和奶奶的面說不再賭的，但他根本就管不住自己，沒過多久後，他又開始賭，表姊給的那五十兩銀，還有承先哥哥給的二十兩銀子，基本都被他輸光了……

「春節前表姊不是又給了奶奶一百八十兩銀子嗎？奶奶把錢藏了起來，說要拿來修房子、買些田之類的，誰知我哥哥不爭氣，偷了其中的一百兩，去了賭場，把錢輸光了。那一日，他又來找奶奶要錢，奶奶不給，他們兩人就爭執了起來，我是怎麼勸也勸不住。然後……然後……哥哥下手沒個輕重，猛地推了奶奶一把……就把……」

楊婉兒說到這泣不成聲，槿嫿已能猜出個大概，陳氏年紀大了，那一把下去，一定撞到了要害，才導致她突然離世。

「楊大壯呀楊大壯，虧我當初心善，又是找人、又是花錢的保住了你一條命，可誰想到，你是狼心狗肺之輩，根本就不值得救！我若不救你，外婆也不會慘死。」

槿嫿心裡又氣又恨又懊悔，她想著她若不給外婆那麼一大筆錢，沒準就不會有這種人間慘事發生。她本意是想幫扶楊家，誰知反是好心辦了壞事。

槿嫿咬了咬牙道：「楊大壯呢？」

「哥哥見出了事，嚇得跑了，再也沒回來過。」楊婉兒道。

「跑了，殺人償命，更何況這是他的親奶奶，如此天殺的逆子，哪怕跑到天涯海角也要把他捉回來，讓他受到應有的懲罰。」槿嫿怒道，說完就想喚人去報案。

楊婉兒一下子跪了下來，攔在槿嫿面前。「不，表姊，千萬不能報案。」

「他都喪心病狂到這種地步了，連對自己的親奶奶都敢下手，跑到外邊去，必是個禍害。於私於公都得將他繩之以法，不然天理不容。」

「不，不能報案。」楊婉兒仍緊緊地抱住槿嫿。「他不是故意要害死奶奶，他只是失手，他真的不是有心的，那時他也很害怕。如果奶奶在天有靈，她也不會讓表姊去報案。奶奶臨終前還對我說她不怪哥哥，只希望他從此後能改正，好好做人。」

陳氏一向溺愛楊大壯，楊大壯那般對她，陳氏仍無絲毫怨言，槿嫿心裡的悲憤更深了。

「殺人是要償命的，哥哥若被抓住了，只有死路一條。他若死了，楊家的香火就斷了，那奶奶在天之靈，還有我爹和娘的在天之靈怎能安息？表姊，求妳，求妳就當作什麼都不知道，我相信哥哥以後會改的，他一定會改的。」楊婉兒不停地哀求槿嫿。

槿嫿想起從前，楊婉兒和楊大壯兄妹之間的感情並不怎麼好，如今她處處為楊大壯說話開脫，怕是因受了陳氏臨終時所託。

外婆和舅舅、舅媽，向來最看重「香火傳承」這事，所以一直把楊大壯這根獨苗當寶貝一樣疼著，楊大壯若死了，楊家就算斷子絕孫了，作為外甥女，她也不忍心。

槿嫿嘆了一口氣，扶起楊婉兒道：「好，我不報案，可從今以後，妳也別再在我面前提妳哥這個畜生，若是他以後回來了，要生要死再不關我的事。」

「嗯嗯。」楊婉兒用力地點了點頭。

槿嫿擦了擦淚，跑到靈床邊去看陳氏。

死了不到三天，陳氏的模樣和本來差不多，但她臉上籠著一層黑氣，總讓槿嫿覺得有些害怕。

「外婆，妳放心地去吧！婉兒我會好好照顧的。」

陳氏死了，楊大壯畏罪潛逃了，楊家只剩下了楊婉兒一個，她若不管她，楊婉兒一個孤女，以後的日子當真無法想像。

槿嫿話音一落，一隻貓忽從外如箭般闖了進來，直落在靈床上。

「啊！」槿嫿被貓嚇了一大跳，但這聲驚恐的「啊」不是見到貓時發出來的，而是見到陳氏的眼睛猛地睜開來時叫的。

槿嫿嚇得丟了半條命，不由自主尖叫起來。

聽到她這一聲尖叫，門外的人都跑了進來，那貓敏捷地跳下了靈床，消失在黃昏中。

貓一離開靈床，陳氏的眼睛也閉上了。

「啊……那貓、那貓跳到了外婆身上，外婆忽然把眼睛睜開了。」槿嫿又怕又慌地對進來的人說道。

「哎呀！哪來的貓，誰家的貓，太不吉利了，這靈堂最忌諱出現貓。」

其他的人都怕，唯有剛才在院子裡喝茶的女人大膽，她邊說著邊走上前來，見陳氏直挺挺地躺在上邊，分明是兩眼緊閉，拍了拍槿嫿的肩膀道：「妳剛才會不會是眼花了？」

「沒有，我真看到她睜開眼睛了。」而且外婆還用力地看了她一眼，似乎有什麼事想告訴她。

「許是姑娘八字輕，現在又到了黃昏，所以才見到了些不太吉利的，你們快帶她下去休息，用菖蒲香茅水好好洗洗。」那女人十分在行地道。

楊婉兒也哆哆嗦嗦地握住了槿嫿的手臂，和她一塊兒離開了。

槿嫿洗了菖蒲香茅水後，坐了好一會兒仍是驚魂未定。

外婆死於非命，得好好超度才行。況且她爭強了一輩子，喪禮若辦得太簡陋，怕她也不高興。

槿嫿如此想著，索性把村裡的幾個要人都請了過來，商量著要給陳氏風光大葬，其中也包括剛才讓她洗菖蒲香茅水的女人，原來那女人姓溫，是個神婆，村裡無論是誰家辦白事都會請她。

槿嫿作為外孫女，家裡又有錢，想風光大葬外婆，大家自沒有反對的意思，還紛紛恭維槿嫿孝順，給槿嫿出謀劃策。

事情定下後，槿嫿心裡也好過了許多。

她膽子一向不小，但被陳氏那一嚇，也是差點魂飛魄散，把喪禮辦得風光一些，來的人也會多，人一多陽氣盛，旁的不說，至少她不會太害怕。

她鎮定了下來，楊婉兒卻難以鎮定，一直在發抖，怎麼也不願回靈堂給陳氏守孝，哪怕別人哄她，說陪她一塊兒在裡邊守著，她也不願意。

槿嫿想她年紀小，剛才一定是被嚇破了膽，若再逼她進那屋，怕會直接瘋掉，便叫眾人不要勉強她。

但靈堂總不能沒人守，槿嫿給了姓溫的神婆十幾兩銀子，託她在村裡請幾個大膽的、八字重的人來守靈。

那神婆見了銀子眉開眼笑的。村裡人一年到頭本就賺不到幾個錢，在靈堂守著就能賺上幾兩，對於一些人來說簡直就是美事。

再說楊家村裡的人，拜的都是同一個祖宗，時常是一家有事全村出動，因此也沒有人覺得有什麼不妥。

當然，神婆去找他們時，也沒把黃昏時貓跳到陳氏身上的事說出來，只是謹慎地叮囑道：「你們可得當心了，千萬別讓貓進去，驚了老太太的魂。」

「放心，有我們幾個在，別說貓，就是蚊子也飛不進去。」其中一個人答道。

這幾個看在錢的分上，願意幫忙守靈的都是三十歲以下的莊稼漢，個個筋肉精壯，皮膚黝黑，便是出了什麼事，他們也不怕。

神婆十分滿意地回去給槿燼覆命。

槿燼見事情辦妥了，又賞了她幾兩銀子。

神婆從未見過像槿燼這般闊綽大方的人，更是驢前馬後。

接下來的幾日，再沒出什麼意外，楊婉兒的情緒也穩定多了，只是她仍不敢接近陳氏的遺體。

喪禮結束後，槿燼便把楊婉兒帶回了穆家。

不管以往她和楊家有什麼恩怨，從今往後，她都是楊婉兒在這世上最親的人了。

第十七章

四月，槿嬧接到了穆子訓的來信，說是春闈落榜了，他已於三月動身回家。而學謹考取了貢士，還得留在京城等待下一輪的殿試，若通過了殿試，朝廷許是要委以官職，後續之事諸多，他思家甚切，歸心似箭，便不再等學謹了。

槿嬧見了信，並沒有怪怨穆子訓落榜，只一心想著丈夫將要回來，歡歡喜喜地吩咐下人們把家的裡裡外外都好生收拾一遍。

楊婉兒見狀，也幫起了忙。

她在穆家已住了兩個月餘，跟在鄉下的那段日子比起來，可謂是天上地下。她每日不但不用再下地種田，也不用再做那些洗衣做飯的粗活，穆家的下人們見了她都喚她一聲「表小姐」。

楊婉兒心裡十分得意，但她不敢明著表現出來，在姚氏和槿嬧面前，總一副恭順的樣子。

槿嬧只道她改了性子，身世又如此悽苦，對這個表妹生了幾分憐惜，心想著先讓她在穆家安安穩穩地住下，再過幾年，給她尋個好人家，風風光光地嫁出去，也算仁至義盡了。

楊婉兒也懂槿嫿的意思。

「背靠大樹好乘涼」，她現今要尋個好一點的人家，不怕沒有的，只是她對宋承先還無法死心。

到了穆家後，她也見了兩回宋承先，但每一次都沒和他說上話。「妾有意、郎無情」，哪怕她不死心，也沒什麼希望。

「表姊呀！表姊夫什麼時候回來？」楊婉兒乖巧地對槿嫿道。

「大概得過了端午後。」槿嫿答。

「那……表姊夫要是見到了我，會不會不高興？」楊婉兒怯怯地問。

縱使她想當個沒事人，可也忘不了，當初穆家落難時，她爹和她娘是怎樣冷眼旁觀、落井下石的。

穆子訓有一回到她家去要錢，還被她爹叫人打了一頓。當時她也站在門口張望著，穆子訓叫得那叫一個慘。

槿嫿的性子軟，顧念著親情，姚氏年紀大了，凡事全憑槿嫿做主。

楊婉兒對她們兩人還拿捏得住，可對穆子訓——這個總共沒見過幾次面的表姊夫，她就拿捏不住了。

且她聽槿嫿每次提起穆子訓，都是一副夫妻情深的模樣，若穆子訓記著那些年的恩怨，把對她父母的怨恨，遷怒到她的身上，難保槿嫿不會為了夫妻和睦，又把她趕回鄉下去。

槿嫿瞧出了她的心思，摸了摸她的臉道：「那些都是過去的事了，妳表姊夫是個很明事理又寬厚大度的人，妳別擔心，安心地住下了。」

「謝表姊，表姊對我這麼好，婉兒真不知該怎麼報答妳。」楊婉兒感動地說著，忽又想起了什麼，睜大眼睛道：「表姊呀！我每天在這兒也是閒著，不如，妳讓我到妳店裡去幫忙吧！我也想學著怎麼做生意，怎麼跟客人打交道，這樣以後也能替表姊分憂。」

槿嫿聽她這話說得懂事，噗哧笑道：「妳真想學做生意？」

「是，表姊，我真的很想幫妳的忙，不然我心裡也過意不去。」楊婉兒道。

能夠整日裡衣來伸手、飯來張口自然是她最理想的生活，但她想她如今寄人籬下，若什麼都不做，時間一長，難免會被人說三道四。

她主動要求到店裡去幫忙，一來可以讓槿嫿看到她的誠意，二來她若真能學到什麼本事，以後自立門戶，賺得一份家業，誰又敢再小瞧了她？

「那好吧！等妳表姊夫回來後，我正打算另開一間新的布店和糧油店，到時『美人妝』會少些人手，妳就到『美人妝』分店去幫忙。」槿嫿點頭道。

穆里候在時，穆家主要經營的是布疋和米糧，槿嫿雖以脂粉經營發了家，但也沒想著局限於只做這一門生意。

更何況如今在她手底下幹活的趙秀山等人，從前可都是跟著她公公在布糧兩界摸爬打滾了二、三十年的老人。

跟經營胭脂水粉比起來，他們更善於經營布糧，槿嫿另開布店和糧油店也是為了「人盡其才」，使他們不至於生出一種空有一身本領，卻沒有機會施展拳腳的懷才不遇之感。

五月十五，穆子訓終於回到了家裡。

槿嫿與他大半年沒見，回來後，自有說不完的話。

穆子訓在京中無非就是讀書交友考試，沒什麼特別值得講的。

槿嫿先跟他說起了一些家常，比如辰生是如何學會走路的，又學會了說什麼，然後，又跟穆子訓提起了她和郭友長之間的商戰、「美人妝」如今的經營情況。

穆子訓沒想到他離開了大半年，槿嫿這兒竟然出了這麼多大事，而出這些事時，他完全不知道，也沒有陪在槿嫿身邊幫上任何忙，愧疚心疼地道：「為夫真是慚愧，讓娘子獨自面對了這麼多事。」

「都順順利利地過去了。」槿嫿道。

那時發現花田被毀後，她真是傷心茫然，極想穆子訓能陪在她身邊，哪怕他不能給她拿主意，能聽她訴訴苦也好。但他當時遠在京城，這些不過都是奢望。

她曾想著，等穆子訓回來後，她一定要做出一副可憐的模樣，跟他好好地講這些事，讓他看到她的不容易，狠狠地心疼她。

可如今他終於回來了，坐在了她身邊，認真地聽著她講話，她卻是滿心歡喜，再做不出什麼可憐悲傷的樣子，原已準備好的千言萬語，反化作了一句。「都過去了，你平安回來了就好。」

「娘子不嫌棄我這番名落孫山？」穆子訓握住了她的手，放在他的臉上輕輕地蹭道。

「你想聽實話嗎？」

「嗯。」

「我很高興。」槿嫿道，見穆子訓一時間不解，柔聲解釋道：「你落榜了，就得再等三年才能進京赴考，也就是說這三年，你不會再離開我，我哪能不高興。」

「咳！早知如此，上回的鄉試，我也該落榜的。」穆子訓心裡感動，嘴上卻和槿嫿開起了玩笑。

槿𡠹勾住了他的脖子道：「我知道我的相公是個可造之材，以後必定能成為國家棟梁，所以我不擔心相公此次的落榜。」

「娘子說話總是這麼中聽。」穆子訓說著，把槿𡠹擁到了懷裡。

不一會兒，楊婉兒穿著粉色羅裙，打扮得甚是嬌俏地走進來道：「姊夫、姊姊，可以吃飯了。」

「這位是？」

穆子訓沒見過楊婉兒幾面，上回他中了舉，楊婉兒隨著陳氏一塊兒來喝喜酒，穆子訓也沒認真地瞧過她，所以對他而言，楊婉兒就是個生人。

槿𡠹笑道：「你不記得了？這是婉兒，我的親表妹。」

剛才顧著說別的，還來不及告訴穆子訓楊家發生的事。

穆子訓見了槿𡠹的表情，知道另有隱情，本想追問，但飯菜已備好，總不能讓姚氏久等，便把想問出口的話吞了回去。

到了飯廳，槿𡠹讓楊婉兒一起坐下吃飯。

在飯桌上，槿𡠹和她的相公、婆婆、兒子其樂融融，楊婉兒一下子覺得自己被排擠在外，這一頓飯吃得說有多尷尬就有多尷尬。

吃過飯後，槿嬗才把穆子訓叫到了屋裡，把陳氏被楊大壯誤殺，楊大壯逃之夭夭，楊婉兒成了孤女，她替陳氏辦了後事，又把楊婉兒接到穆家的事一一告訴了穆子訓。

「婉兒如今無父無母，家裡也沒有別人了，我想著讓她先在我們家住下，等過幾年，過了孝期，再給她尋個好人家，相公，你說好不好？」槿嬗道。

「好是好，但只怕她會給娘子惹來麻煩。」穆子訓有些擔憂地道。

「她一個姑娘家，能惹出什麼麻煩？」

「娘子覺得她是個什麼樣的姑娘？」

「以前她是尖酸了些，也好強，但經歷了這麼多事，她性子溫柔穩重了許多。」

「溫不溫柔、穩不穩重我不知道，我只知道她的父母去年雙雙逝世，她的親奶奶去了還不到三個月，可她的臉上卻無半點戚色，還打扮得花枝招展的。」

槿嬗覺得穆子訓有些小題大做了，笑道：「婉兒她沒讀過什麼書，哪懂得多少禮節，而且哪個年輕的姑娘不愛打扮，她現在又住到了咱們家裡，若整日裡穿著粗衣麻布，哭爹喊娘叫奶奶的，也不合適呀！」

穆子訓無奈地笑了笑。「我說不過妳。娘子既覺得她妥貼，便留下她，反正不過是多一張嘴吃飯。」

穆子訓這麼說，那就是肯了，槿嬗便沒再在這事上多話。

默了一會兒，槿嫿笑道：「差點忘了，還有件大喜的事沒告訴你。」

「什麼？」

「義兄下個月初八要成親，娶的就是之前說的趙員外家的千金。」槿嫿歡喜地道。趙姑娘她見過，長得如花似玉，性子又溫和，和宋承先可謂郎才女貌。

穆子訓一下子樂了起來，感慨道：「不容易呀！大舅子終於要成家了。這可真是件大喜事，還好我回來得早，不然都趕不上喝他們的喜酒。」

「人家就是為了等你回來喝喜酒，才選在下個月辦喜事的，不然三月裡也有好日子。」

「真的？那可真得謝大舅子如此抬愛了，到時我定要送他們一份厚禮。」穆子訓道。

「禮物是要送，但義父、義母的意思，是想請你這個舉人老爺給他們寫幾幅喜聯。」

穆子訓爽快道：「這事簡單，哪怕是讓我給未來的小外甥取名字，我也在所不辭。」

「嫂子都還沒正式過門，你就想到生孩子取名字的事了。」

穆子訓嘿嘿地笑著，低下頭湊近槿嫿道：「說到孩子，辰生吃飯時還嚷著要弟弟和妹妹，我們不如繼續努力，圓了辰生的夢。」

「沒個正經。」槿嬧輕輕地推了他一下，抿著嘴離開了房間。

六月初八，宋家辦喜事，請了半城有頭有臉的人物，迎親的隊伍浩浩蕩蕩，鋪十里紅妝，真是風光無限。

宋承先滿臉春風的騎著馬打「美人妝」的分店經過時，楊婉兒就站在門口巴巴地望著。

「哇！宋家真是好大的排場。」

「你不知道，當年咱少爺娶少奶奶時也是這麼大的排場。」

站在身旁的夥計羨慕地議論著，楊婉兒目不轉睛地盯著宋承先，希望宋承先能注意到她，哪怕只是看她一眼，她也心滿意足了。

可宋承先自始至終完全沒有注意到她，不一會兒便在鑼鼓喧天中，和一堆喜慶的紅色一塊兒消失在她的眼簾。

楊婉兒扭頭回到了鋪裡，鼻子一酸，直接撲在桌子上哭了起來。也不知哭了多久，她感覺有人向她走近，抬起頭來一看，原是蘇運和。

槿嬧許她到店裡來學習，這兩個月，她每回來這裡，都能碰見蘇運和。

「看什麼看？」楊婉兒沒好氣地說。

蘇運和並不惱，只是輕聲道：「妳知道嗎？每次妳一哭，我就覺得心口疼疼的。」

經過這段時間的接觸，楊婉兒哪怕眼瞎，也感覺得出蘇運和對她有意。眼下，她剛受了情傷，蘇運和就拿話來撩她，她聽了，自是有幾分心動。

但蘇運和哪能跟宋承先比？既沒有宋承先的貌，也沒有宋承先的財。

楊婉兒驕矜地扭過了頭，只當沒聽見他的話，更當沒他這個人。

蘇運和笑了笑，便走開了。

七月初，槿嫿的糧油店和布店都如期開了起來。

她把布店交給了趙秀山管理，趙秀山原本是「美人妝」總店的掌櫃，如今接管了布店，這掌櫃一職便空了出來。

槿嫿便把「美人妝」分店的李掌櫃提拔到了總店，而分店的掌櫃則讓蘇運和接替了。

蘇運和既做帳房先生又做掌櫃，可謂一朝得志，莫說平日裡瞧不起他的人到了此時此刻都得對他另眼相待，就是楊婉兒也忍不住多瞧他幾眼。

「美人妝」少了寶記這麼一個競爭對手，發展得愈發迅速，槿嫿見實力允許，時機又成熟了，便把「美人妝」的分店開到了周邊的城鎮。

家裡的生意蒸蒸日上，日進斗金，槿嫿重又跟穆子訓提起造新居的事。穆子訓剛好閒在家，又沒那麼快要上京赴考，便請堪輿師尋個適合家居的風水寶地，選了個吉日奠基起工。

穆子訓親自監工，在百十個工匠的努力下，次年七月便全部完工。

中秋節前，穆家老小便全搬進新居住了。

這新居的規模比以前被抵掉的穆宅還要大，亭臺樓閣，假山池沼，應有盡有；梁上的彩繪，室內的陳設，門窗的雕鏤等等也比以前的更加精緻講究。

喬遷的那天，穆家大宴賓客，就連縣太爺都親自上門來道喜。

張學謹中了進士，留在京中做了個校書郎，無法親自赴宴，卻也派人從千里之外的京城送了賀禮過來。

從此之後，穆家又成了門庭若市、眾人爭相攀結的地方。

雖是知道世人慣愛拜高踩低、見風使舵，但回憶起這些年從高處跌落到低處，又從低處重回高處所經歷的世事百態，槿嫿和穆子訓也是感慨滿懷。

不同的是，從前他們還不太明白人情冷暖，聽人諂媚奉承就高興，如今面對他人的阿諛抬高，內心都能自發地保持著一分冷靜。

穆子訓為避免重蹈覆轍，還重新制定了家訓，告誡自己、家人和後世子孫要勤儉持家，戒驕戒躁。

穆家上下一派祥和，外人見了又誇穆子訓和槿嬗治家有方。

這一日風和日麗，穆子訓想起了那年一家人到小楓嶺去遊玩的場景，跟槿嬗和姚氏說，想再帶她們出去散散心。

姚氏說她年紀大了，爬不了山，之前穆子訓忙著建新居的事，槿嬗又忙著開分店的事，兩人已有好長時間沒一起出去玩了，如今既得了空，理應好好過過兩人世界，她一把老骨頭，就不去湊什麼熱鬧了。

穆子訓見姚氏有意成全，便真的只帶了槿嬗一人出門。

小楓嶺景色依舊宜人，山上行不了馬車，穆子訓便牽著槿嬗的手一步一步地往山上走去。

「娘子，妳知道這叫什麼嗎？」穆子訓緊扣著槿嬗的手道。

「什麼？」槿嬗一時間反應不過來。

「叫『執子之手，與子偕老』。」穆子訓深深地看著她道。

槿嬗心裡十分感動，嘴上卻道：「我讀書少，不懂你唸的是什麼。」

穆子訓著急地解釋。「就是想這樣牽著娘子的手，與娘子白頭到老。」

槿嫿幸福地點了點頭。

許是太久沒怎麼舒活筋骨了，爬了好一會兒山，槿嫿就累得有些走不動了，穆子訓見狀便蹲下來把她揹了上去。

槿嫿害羞地道：「放我下來，被人瞧見了多不好意思。」

「這一路走來哪裡有什麼人。」穆子訓笑著，就是不放槿嫿下來。

槿嫿便也心安理得地趴在了穆子訓背上。

穆子訓的背非常的寬闊結實，伏在他背上，一種熟悉的安全感在心底漾開，槿嫿舒服得差點就趴在他背上睡著了。

到了峰頂，賞了美景，互訴了好一會兒衷腸後，兩人又沿著來路回去。

他倆棄了車，靠雙腿登山後，車伕便把馬車停在了道邊，坐在車頭打著盹，靜等著他們回來。

誰知，還沒等到主人家，不知從哪邊冒出了幾個野孩子，竟趁他不注意時，去偷他繫在腰上的錢包。

車伕見狀，這還得了，氣得追了出去，把一個長得最瘦小、跑得最慢的小孩逮住了。

「小兔崽子，快叫他們還錢！」車伕用力地揮起馬鞭抽打著那小孩的屁股，叫道。

那幾個小孩見同伴被抓住了，都停了下來，緊張又害怕地看著車伕。

「小崽子，快把爺的錢包扔過來，不然爺就把你們同伴的手腳都打折了。」車伕厲聲威脅。

這一幕剛好被下山的槿嫿和穆子訓見到了。

「怎麼一回事？」穆子訓走上前道。

「老爺，這夥小崽子趁我打盹時偷了小人的錢包，小小年紀不學好，淨做賊，我正教訓他們呢！」車伕說著，又抽了下那小孩的屁股。

小孩吃痛，哇哇地叫了起來。

一個拿著錢包、看著是這群小孩中頭頭的小男孩，趕緊道：「你放了他，我把錢還你。」

車伕不放心地道：「你先把錢還我，我再放人。」

那小男孩咬了咬唇，一時間似是無法下定決心。

槿嫿仔細地打量了這群孩子，有三男二女，年齡最大的不過十一、二歲，最小的看樣子也就六、七歲，個個面黃肌瘦，衣不蔽體。

槿嫿和穆子訓交換了一下眼神，對車伕道：「把孩子放下吧。」

「夫人……」車伕猶豫了一會兒，還是把那小孩子放了下來。

槿嬗牽住了那小孩瘦骨嶙峋的手，慢慢地走到其他孩子面前，溫柔地道：「你們為什麼要偷錢？」

為首的孩子拽了拽手中的錢袋，鼓起勇氣道：「我們的弟弟生病了，需要錢才能看大夫吃藥。」

「那你們的父母呢？」

「沒，我們都沒有父母。」

槿嬗憐憫地看著他們，苦口婆心道：「偷東西是不對的，你們有沒有想過被偷的人也需要錢，可能因為你們偷了別人的錢，別人也會因此而餓死或者病死。」

那群孩子睜著大而空洞的眼睛，木木地看著她。

槿嬗不由得停了下來，突然意識到自己這番話對於一群低齡的流浪兒來講，簡直如天方夜譚。

他們偷東西是為了生存，出於本能，成年人有時為了一口吃的都能無惡不作，而小孩子大多沒有分辨是非好歹的能力，餓了就想吃飯，偷東西是出於本能，哪管得了是對還是錯？

槿嬗伸出手讓那孩子把錢袋交出來，拋給了車伕。

為首的孩子拉住了剛才被抓住的小孩的手就要跑，槿嬗喊住了他，從兜裡掏出一串銅板，放到他手上。

他難以置信地看了看槿孅，然後收下了銅板，砰一聲向槿孅跪下了。

其他的孩子見了也都跪了下來，齊齊地向槿孅磕了一頭。

「你們都起來吧！」槿孅趕緊道：「錢要一個子兒、一個子兒的花，花不完的要藏好，千萬別被別人發現了。」

一群流浪兒，要是被人瞧見身上帶了許多錢，難免會生事。

為首的孩子點了點頭，便帶著同伴高興地往另一條路跑去了。

「娘子，上車吧。」穆子訓拉住了槿孅的手道。

槿孅若有所思地上了車，回去的途中，她特意留心了大街上的情況，突然發現，在大街上流浪乞討的除了一些老無所依和身有殘疾的人，還有不少幼童。

穆子訓道：「『老有所依，壯有所用，幼有所長，鰥寡孤獨，廢疾者皆有所養，是謂大同。』而天下不知何時才能大同。」

「相公，我有一個想法。」

「讓我猜猜娘子想的是什麼。」穆子訓心有靈犀道：「娘子是想找個地方，收留這些無家可歸的孩子，讓他們學些為人處事的道理、謀生的手段，不至於四處流浪，做些偷竊犯罪的事？」

槿嫿沒想到穆子訓一下子就看穿了她的心思，輕聲道：「相公不會反對吧？」

穆子訓搖了搖頭，握住槿嫿的手道：「娘子，我起初讀書，是為了不辜負娘子的期望，想光宗耀祖、振興穆家。可後來，日日讀著那些先賢留下來的經典，為夫忽而明白，家國家國，家與國是分不開的，因此也常生了先天下之憂而憂，後天下之樂而樂的念頭。娘子的想法利國利民，為夫只會支持，又豈會反對？」

穆子訓的話字字發自肺腑，槿嫿在這之前，從沒聽他說過這樣的話，一時間不禁入了迷，直直地盯著穆子訓說道：「相公，你真的跟以前不一樣了。原來讀書真的可以改變一個人的氣質、眼界，回去後，相公可要教我多讀幾本書，我可不想哪一天，連相公說了什麼都聽不懂。」

穆子訓摸了摸她的臉頰笑道：「老子說過：『大道至簡。』就是說生活中越重要的道理越是簡單，越是人人都懂。娘子賢慧善良，心懷蒼生，就算不讀書，不理解那些經文，娘子的心與娘子的品行也同君子一般偉岸高潔。」

「我哪有你說的那麼好。」槿嫿把頭埋到了他的懷裡，有些不好意思地嘟囔道：「我只是做了母親後見不得孩子受苦，剛好手上又有錢，才想幫他們做些事。要是我現在窮得連飯都吃不上，我才沒心思管他們。」

槿嫿說完，還抬起頭向穆子訓努了下嘴。

穆子訓聽了她這直白而又毫不掩飾的心裡話，不禁大笑起來。

他的娘子真是誠實得可愛。

次年春，在縣太爺的大力支持下，穆家的慈濟院開始收留父母俱亡，無家可歸的孤兒。

這一舉動也得到了其他商賈和鄉紳的支持，到了三月分，六十多名孤兒便在慈濟院安了家。

穆子訓請了名老秀才在慈濟院教適齡的孩子讀書認字，慈濟院後另有片園子，已有勞動力的孩子得了空，便到園子裡種菜、養雞。

雖然有一些孩子因為從小缺乏管教，品行不太好，也惹出了一些事，但大部分孩子都很善良，非常感激穆家給了他們一個遮風擋雨的地方，讓他們不再挨餓受凍。

穆子訓和槿嫿去看他們時，他們就喊穆子訓做「爹爹」、槿嫿做「娘娘」，聽到孩子們發自內心的叫喊，槿嫿比賺了一百萬兩銀子還要高興。

而這時，她又有了身孕。

她是獨生女，穆子訓是獨生子。穆家好幾代單傳，她原以為生了辰生後，她應該不會再有孩子的，沒承想，辰生才滿三歲，她又有了。

她以前盼了那麼多年才盼來了辰生，如今她沒再盼了，反而猝不及防地懷上了，內心真是有些複雜。

穆子訓卻只管高興，在得知她懷孕那一刻，手舞足蹈道：「啊，一定是女兒，我要兒女雙全了！」

槿嬗摸了摸還沒隆起的小腹道：「才三個月，你怎知道一定是女兒？」

「我以前聽王大嬸說，如果懷的是女兒，孕婦也會變得比以前更漂亮，我見娘子最近美得不像話，所以才如是說。」

「油嘴滑舌，還王大嬸說的，我看就是你胡謅的。」

穆子訓笑道：「女兒好呀！一定跟娘子一樣美麗又聰明。難不成娘子不喜歡女孩？」

槿嬗斜了他一眼。「誰說我不喜歡，無論是男孩、女孩我都喜歡，自己身上掉下來的肉能不愛嗎？」

「那我們就多生幾個。」穆子訓把手放到了她的腹上，期待地道。

槿嬗推開了他的手。「這孩子要是能塞進你肚子裡，叫你來生，就算是生上十個，我也是樂意的。」

「如果可以，我也想替娘子生呀！這樣娘子就不會太辛苦了。」

他說的話雖然是不可能實現的，但他說這話時卻是真心實意的。
槿嫿有些感動了。
這世上有太多的男人不理解女人生育時的艱辛，把女人給男人生孩子看作是理所當然的，若有女人敢在這事上抱怨幾句，他們就會不耐煩地說不是所有的女人都這樣嗎？好像女人若在這事上有一絲一毫的不樂意，便是有違天理似的。
穆子訓笑了笑，攙起槿嫿的手臂道：「娘子，我帶妳到園子裡去走走，妳喜歡的海棠花開了，玉蘭花也開了。」
槿嫿點了點頭，牽著他的手往園子裡去了。
春光明媚，幾隻黃鶯停在柳梢上唱著清脆的歌，蝴蝶、蜜蜂翩翩飛舞，園子裡，各種花的香和青草的香混在一塊兒，聞著令人有說不出的舒爽。
兩人踏著青石板路，走到了一棵開得正鬧的海棠花樹下。
穆子訓踮起腳尖，摘下了一朵新綻的海棠花，簪到了槿嫿的鬢邊。
槿嫿舉手扶了扶鬢邊的海棠花。
「好看嗎？」
「自是人比花嬌。」穆子訓親暱地道。
「少哄我，我現在又不是十七、八歲的小姑娘，哪比得了花嬌？」

「娘子就算七老八十了，在我的心裡也是天底下最美的女人。」穆子訓說著，低下頭在槿嬙額上一吻。

槿嬙捶了他一下道：「前段時間還說你穩重，現在又輕浮了起來。」

「這是在自己家裡，旁人見了只會說我們夫妻鶼鰈情深。」穆子訓說著環住了她的手臂，兩人有說有笑地往花叢深處走去了。

他們走後，楊婉兒自一棵柳樹後走了出來。

看著槿嬙和穆子訓你儂我儂的樣子，楊婉兒心裡泛起了一陣又一陣酸。穆子訓從前瞧著不過就是個有錢又沒什麼本事的紈袴，沒承想這舉人說中就中了，還是個極溫柔體貼的男子，怎的她就碰不上這樣的好男人？

看著槿嬙和穆子訓整日裡那般恩愛，她心裡愈發不是滋味，也愈嫉妒槿嬙命好，手裡握著萬貫家財，枕邊睡著對她一心一意的丈夫，所有人都喜歡她、敬重她。

同樣是女人，憑什麼她什麼都有，而我這麼辛苦，費了那麼多心思，卻什麼都沒有。

楊婉兒嫉妒得眼睛都快紅出血來，於是，她又開始作起了妖。

這一日，槿嬙在屋子裡和穆子訓說話，兩人情到濃時，正拉著手，楊婉兒端了兩碗蓮子湯，冒冒失失地走了進來。

「姊姊，姊夫，這是婉兒親手熬的蓮子湯。」

槿嫿推開穆子訓的手，道了聲謝，見楊婉兒穿了件淺洋色的上襦、淺綠色的下裳，腰間繫了條桃粉的腰帶，臉上有著淡淡的胭脂，頭上還簪了朵芙蓉花，嘆道：「妹妹這身打扮，看著令人耳目一新。」

楊婉兒謙虛地道：「姊姊和姊夫都是有頭有臉的人物，妹妹想著打扮得好一點，才不至於丟了姊姊和姊夫的臉。」

楊婉兒說完這話，特意地瞥了穆子訓一眼，發現穆子訓正拿著勺子輕輕地攪拌著碗裡的甜湯，並沒有看她。

她又道：「這湯溫度剛剛好，姊姊和姊夫快喝吧。」

穆子訓嚐了一口，對槿嫿道：「淡了些，娘子喜歡喝甜的。」

槿嫿對他使了個眼色道：「這是表妹親手熬的，淡點有什麼關係？」

「那我餵娘子喝。」

穆子訓說著拿起勺子，舀了一口送到槿嫿嘴邊。

「人家表妹還在呢！」槿嫿低聲提醒。

楊婉兒尷尬地笑著離開了。

回到屋裡後，她對著鏡子仔細地端詳自己——明明她比棠槿嫿更年輕、更漂亮，穆子訓憑什麼連正眼也不看她一眼？她就不信，這世上還有不愛美女的男人，還有不偷腥的貓。定是因為婆娘在身邊，他才遮著掩著的。

楊婉兒如此想著，對著鏡子露出了一絲嘲諷而自得的笑。

過了幾日，這一天一早，槿嫿到商行去了，穆子訓一個人待在亭子裡讀書。

楊婉兒見四處無人，端了碟點心，打扮得更嫵媚地走進了亭子。

穆子訓正讀著書，忽聞見一陣脂粉香，以為是槿嫿回來了，抬起頭一看，卻是楊婉兒笑盈盈地向他走來。

「姊夫看了這麼久的書，一定累了，吃些點心吧。」楊婉兒提裙扭扭捏捏地走進亭子裡，把一碟點心放在桌子上。

「謝表妹。」

穆子訓客氣地應著，背過了身繼續看書。

桌上除了放著別的書外，還有筆墨紙硯，一張白紙上齊整整地寫了許多字。

楊婉兒不認得那些字，卻裝作一副很懂得欣賞的模樣道：「常言道：人如其字。姊夫的字就跟姊夫的人一樣俊秀文雅，表姊能夠嫁給姊夫這樣的男人真是好福氣，不像婉兒，就算天天去燒香拜佛，也難得一個像姊夫這樣的好郎君。」

「嗯。」

穆子訓敷衍地應了一聲，不知道到底有沒有把她的話聽進去。

楊婉兒拿起了插在腰帶上的摺扇，打開扇子，慢慢地替穆子訓搧起了風。「天氣熱，姊夫讀書辛苦，婉兒給姊夫搧風。」

穆子訓沒有應話。

楊婉兒慢慢地搖著扇子，把另一隻手伸進懷裡，掏出了一塊帶著體溫的手絹，就要往穆子訓額上拭去。

還未碰見穆子訓的額頭，穆子訓臉色一變，站了起來，橫眉怒目地斥道：「不知廉恥，妳把妳表姊放在哪兒了？」

楊婉兒嚇了一跳，臉上仍笑著，無辜地道：「姊夫在說什麼？婉兒自是一直把姊姊放在心裡敬著愛著，正是因為婉兒敬愛姊姊，才想好好地照顧姊夫。」

「縱使妳父母皆亡，難道他們活著的時候沒告訴過妳，男女授受不親，身為一個姑娘家理應自重自愛。我既是妳的姊夫，妳就該注意避嫌，這般舉止浪蕩，心懷不正，如若再犯，穆家以後絕不會有妳的容身之處。」穆子訓義正辭嚴地說。

楊婉兒沒想到穆子訓竟真的是那種油鹽不進的人——她這會兒真真是失策了，萬一穆子訓在槿嫿面前把她剛才的所作所為抖出來，槿嫿豈能容她？

就在她緊張害怕得心都快跳到嗓子眼時，腦中靈光一閃。她深吸了一口氣，忽換了張正經八百的臉，退後兩步，向穆子訓深深一拜道：「是婉兒魯莽了，如今知道姊夫對姊姊絕無二心，婉兒就算死也瞑目了。」

穆子訓聽到她這話，一時間有些懵了。

楊婉兒煞有介事地解釋道：「姊夫是不知道婉兒的這份心。昔日，婉兒的爹娘對不起姊姊和姊夫，可婉兒家裡出了事後，爹娘和奶奶相繼離世，卻只有姊姊願意幫助我、收留我，婉兒每每想起爹和娘以前的行為就覺十分羞愧，想著以後就算要婉兒死，只要能報答姊姊和穆家，婉兒也是可以的。

「之前大家閒聊，說是從前郭大老闆的夫人如何如何的賢慧，可郭大老闆偏嫌人家年紀大，在外養了個年輕的姘頭；又說有個男的，以前窮得很，靠著婆娘刺繡富起來後，勾搭上了個窯姐，把錢全花在窯姐身上，害得他婆娘活活地氣死了。大家都說男人有錢就變壞，在家裡有三妻四妾不夠，還要在外邊偷偷地養女人，升官發財死老婆是男人們最開心的事。」

楊婉兒說到這，悄悄地瞥了眼眉頭緊鎖的穆子訓，繼續道：「我知道姊姊深愛著姊夫，婉兒就有些擔心，想著以姊夫的能力，以後也是要當官的，家裡有錢，又長得一表人才，萬一姊夫也跟那些男人一樣花心，那叫姊姊……叫姊姊要如何活下去？」

楊婉兒擠下了幾滴眼淚，懊悔地道：「姊姊待我這麼好，我不想見姊姊受到一絲傷害，所以，我就想出了這個餿主意，想著先試探試探姊夫，若是……若是姊夫真有不當之處，我也好讓姊姊早做準備。是我太蠢了，我太不是人了，我不該懷疑姊夫的，我真的是太傻了……太傻了……」

楊婉兒聲情並茂地說著，淚如雨下，令穆子訓有些不知如何是好了，楊婉兒的話聽著有幾分道理，莫不是真的是他多心了，或者因為楊婉兒爹娘的事有了偏見，所以才一直瞧著楊婉兒不對勁。

「算了，今天的事就當沒發生過。我不會在妳姊姊面前說什麼，妳以後也別再胡思亂想，做這些會讓人誤會的事。」穆子訓道。

「謝謝姊夫能夠原諒婉兒的魯莽跟愚蠢，婉兒保證絕對不會有下一次。」楊婉兒趕緊點頭。

穆子訓坐回桌旁繼續看書，楊婉兒恭敬地行了一禮，靜靜地退下了。

回到屋裡後，楊婉兒終於卸下了偽裝，把頭上的絹花摘了下來，狠狠地砸向了鏡子。

她坐到鏡子前，看到了一張羞憤到快扭曲的臉。

她和鏡子中表情猙獰的自己對視了良久後，忽掀唇笑了起來。「楊婉兒呀楊婉兒，妳不愧是個聰明機智的，瞧妳三言兩語就把穆子訓那狗男人哄得團團轉，哈哈，妳可真是個人才。」

她說完，心裡一下子舒坦了，又把絹花插回頭上，自言自語道：「不過，這一關過得好險，妳以後可要小心了，在那個狗男人還沒離開穆家前，一定要夾緊尾巴好好做人，總有一天，這穆家的萬貫家財也會有妳的一份。」

第十八章

十月初，在千期萬盼中，槿嫿順利地產下了一女，應了個「好」字。

這一日，穆子訓剛去喝完宋承先兒子的滿月酒，回家後沒歇多久，槿嫿就嚷著說肚子疼，定是孩子要出生了，穆子訓趕緊讓人去把之前已預定下的穩婆和產婆請過來。

槿嫿生第一胎時生了一夜，他當時守在產房外，一宿沒睡，心也七上八下的，差點把地板踏出一道圈來。

直至聽到孩子的哭聲，產婆出來報喜說母子平安，他才鬆了一口氣，眼淚也隨即流了出來。

這一次，有了上一回的經驗，他自認自己鎮定了許多。

可當辰生跑到他身邊問他。「娘是不是要生小妹妹了？」穆子訓瞬間又想起了上一回辰生出生時的種種情況，他捂著胸口，讓乳娘把辰生帶下去，並且叮囑她看好辰生，不到明天孩子出生了，不許他到產房來。

按上一回的情況來看，他推斷槿嫿至少得到凌晨時才能把孩子生下來。

結果，乳娘把辰生帶下去沒多久，他就聽到了嬰兒的哭聲，這時，距離槿嫿進入產房還不到一個時辰。

穆子訓硬是沒有反應過來是自己的孩子出生了，還納悶地道：「咦！哪來的嬰兒哭聲？」

站在他身旁的姚氏哭笑不得，趕緊推了他一把。「你這當爹的，真是越當越傻了！」

穆子訓這才知道，剛才那幾聲啼哭，是他的第二個孩子發出來的。

「啊……生了，娘子生了！」穆子訓欣喜若狂，就要推開門往裡邊跑去。

姚氏攔住了他，斥道：「沒個規矩，也不怕惹你媳婦不高興。」

穆子訓訕訕地折了回來。

等了好一會兒後，穩婆抱著孩子出來了，笑咪咪地道：「恭喜老夫人、舉人老爺，舉人夫人生了個千金，母女平安。」

「千金，這可太好了，我終於有女兒了。」穆子訓從穩婆手裡接過了女兒，激動得眼淚都快流出來。

姚氏也很歡喜，親自拿錢賞了穩婆、產婆和伺候的丫鬟。

槿燼生產後累得很，不想多說話，喝了口參湯後就睡下了。在入睡的那一刻，她看到的是穆子訓抱著女兒笑得合不攏嘴的樣子。

這是穆子訓盼了很久的女兒，也是穆家這幾代來首個出生的女孩，穆子訓高興得不得了，親手寫了喜報，吩咐下人給親朋好友們送去。

又找個吉日，請了神算子，排了女兒的生辰八字。神算子說新生兒五行缺木，喜用神為木，穆子訓便給女兒取了個小名叫「桃桃」。

辰生剛出生時皺巴巴的，像個小老頭，桃桃卻是一生下來就白白淨淨的，看著就是個標準的美人胚子。

穆子訓越看女兒越是歡喜，想著明年他又得離開家到京城去，每日裡只要得了機會就把女兒抱在懷裡，又是對著她說話，又是對著她唱歌。

槿嫿聽他唱歌忒是難聽，怕他給女兒幼小的心靈留下什麼陰影，或者影響女兒以後對音樂的審美，便不許他再唱。

穆子訓很是委屈地問辰生。「爹唱歌真的很難聽嗎？」

辰生看了看槿嫿，又看了看穆子訓懷裡的妹妹，含淚向穆子訓點了點頭。

「我懂了。」穆子訓道。

然後，他果然沒再唱歌，卻對著不到一個月的女兒背起了《論語》、《中庸》。

槿嫿不禁有些無語，但轉念一想，這……至少比唱歌好，還能讓女兒提前接受儒家經典的薰陶。

更重要的是，以前桃桃每次聽他唱完歌就愛哭鬧，夜裡還容易驚醒，而改為唸書後，桃桃不僅睡得快，還睡得香。

桃桃的滿月宴，在十一月舉行。

這滿月宴自是辦得比上一回辰生的滿月宴隆重，不為別的，只因辰生出生時，穆家還不似現在這般有錢。

宋承先抱著兒子帶著夫人一塊兒來了。

槿嫿見他的兒子長得比她的女兒還要好看幾分，膚色又遺傳了他爹的，白得跟雪一樣，羨慕地玩笑道：「哎呀！我真想跟你換換。」

宋承先和他的夫人還沒開口說話，穆子訓先緊抱住女兒道：「那可不行。」

一時間，大家都被他逗笑了。

宋承先瞧著穆子訓懷裡的桃桃道：「桃桃這雙眼睛瞧著滿是靈氣，以後一定是個冰雪聰明、心靈手巧的好姑娘。」

他看了看槿嫿和穆子訓笑道：「這兒媳婦我先預定下了。」

穆子訓一聽，登時心情很是複雜，他的女兒才這麼一丁點，竟就被人惦記上了。

宋承先見狀，道：「你看你怕成什麼樣了，當年要不是桃桃的爺爺和外公替你和槿嬸訂下了娃娃親，你還不定娶的是誰。」

說完這句，大家又是一陣笑。

楊婉兒也站在一旁呵呵地笑著。

今日她作為槿嬸娘家的代表人物，在滿月宴上自是舉重若輕的人物。她打扮得隆重，開宴後坐在上席，之前沒見過她或沒注意過她的人，這一回都知道了她就是穆少奶奶的親表妹楊婉兒。

雖是沒了爹娘，但如今傍上了槿嬸這棵大樹，吃穿用度跟個千金小姐一樣，可比在鄉下當個窮村姑強多了。

眾人知道了她的來歷，看她時的眼裡便少了幾分同情，多了幾分羨慕。

各個商行的掌櫃，除了真的抽不開身的，都來了。

向小湘也帶著小梅來了，小梅給向小湘生了個女兒，如今肚子裡又懷上了一個。那小姑娘的性子八成隨了向小湘，十分文靜，進了屋後，一直規規矩矩地站在向小湘身旁，哪兒都不去。

「蘇掌櫃年紀也不小了，又一表人才，也該考慮考慮成家的事了。」眾人閒聊之中，一個掌櫃道。

坐在附近的人聽到這一句，紛紛下意識地往蘇運和身上瞅去。

蘇運和放下了酒杯，點頭道：「是是，是該考慮了。」

「不瞞蘇掌櫃，我有個朋友，家裡還有個未出嫁的閨女，年紀相貌倒不委屈了蘇掌櫃，若蘇掌櫃有意，我來給你作這個大媒。」一人道。

蘇運和笑道：「多謝美意，只是在下心裡已有意中人了。」

「哈，原來如此，看來不久後，我們可都得到蘇掌櫃那兒喝喜酒了。」

槿嫿坐在不遠處，一開始就注意到了他們說話的聲音，然後她又發現，蘇運和說完意中人後，無意識地往楊婉兒坐的方向瞅了瞅。

而楊婉兒明顯也聽到了他們的話，一時間筷子都停了，一副心事重重的樣子。

槿嫿這才想起，楊婉兒時常到「美人妝」的分店去，而「美人妝」分店的掌櫃就是蘇運和。

這兩人一個未婚、一個未嫁，又都到了天雷勾地火的年紀，她以前怎就沒往這方面想去呢！要是楊婉兒與蘇運和情投意合，她也可給他們促成好事呀！

槿嫿本想散了宴後，找楊婉兒問問她的意思，但散了宴，回到屋裡後，她又把這事給忘了。

女人生完孩子後，大多忘性大，後來她又想起了這事，但要不是一時半刻沒見到楊婉兒，等見到人後，她又把想說的話忘了；要不就是和楊婉兒聊起了別的，聊著聊著又把想問出口的話給忘了。

直至兩個月後，她到分店去，進了門，見蘇運和和楊婉兒眼神曖昧地站在櫃檯前，才又想起了這事。

店裡的夥計見槿嫿來了，皆上來給槿嫿問好。

楊婉兒也迎了上去。「姊姊，妳來了。」

「妳在這兒跟蘇掌櫃學了這麼多個月，可學到了什麼本事？」槿嫿故意笑道。

楊婉兒有些彆扭地捏了捏手指道：「蘇掌櫃的本事我哪學得到，婉兒沒讀什麼書，腦子又笨，只會跟夥計們學些銷售的皮毛罷了。」

「別謙虛了，妹妹只要肯用心，哪有學不會的。」

楊婉兒自經過上回那事後，怕再被穆子訓瞧出什麼端倪，人前總是十分小心，在槿嫿面前恨不得做出十二分乖巧恭順來。

槿嫿只當她是真心對她這個表姊，對她從頭到尾沒有絲毫懷疑。

對店裡進行了一番常規考察，又查閱了蘇運和送過來的各類文書和帳簿後，槿嫿終於有了空，也記起了她老早想問楊婉兒的話。

她喝了一口楊婉兒端過來的茶，放下茶杯，拉住楊婉兒的手道：「婉兒，姊姊有件事一直想問妳。」

「姊姊請說。」楊婉兒道，心裡驀地緊張了起來——難不成槿嫿發現了什麼？不，看樣子，她應該不知道。

槿嫿道：「婉兒，妳年紀不小了，如今妳父母的孝期也過了，正是適合談婚論嫁的時候。」

「姊姊怎麼說起這個。」楊婉兒有些難為情地低下了頭。

「男大當婚，女大當嫁，姊姊總不能一輩子把妳留在身邊。」槿嫿也不再拐彎抹角了，直接問：「姊姊問妳，妳覺得蘇掌櫃如何？」

楊婉兒沒想到槿嫿會這麼問，她這一個月來，確實和蘇運和走得挺近，她也著意挑逗了蘇運和好幾回。

但這並不代表她就想嫁給蘇運和。

她喜歡的不過是把蘇運和玩弄於股掌之間的感覺。

蘇運和的喜歡、迷戀，還有會為了她的一個舉動、一句話就魂不守舍的樣子，大大地滿足了她的虛榮心和征服慾。

可若真要她嫁給蘇運和，她尚覺蘇運和配不上她。

以她的姿色和聰明，她怎麼也得找個比蘇運和強，或者和宋承先差不多的，要是那個男的也是文曲星下凡，像穆子訓那樣能考個舉人什麼的，那就更好了。嫁人可是女人改變命運的機會，她若不在這事上慎重一些，那她豈不一輩子都贏不了她的表姊棠槿㜠？

楊婉兒抿了抿嘴，有些委屈地對槿㜠道：「我跟蘇掌櫃是朋友，但不是姊姊想的那一種。」

「真的？」

「嗯！」楊婉兒用力地點了點頭。「婉兒喜歡的，也不是像他那樣的。」

「原來是姊姊誤會了，沒關係，以後若碰見了中意的，告訴姊姊，姊姊給妳做主。」槿㜠不疑有他，反覺自己適才問得太不妥，有些尷尬。

「謝姊姊。」

楊婉兒說著出去了，迎頭卻撞上了蘇運和，不禁嚇了一跳。

敢情她剛才和槿㜠在屋內說話時，蘇運和就一直站在門外？

楊婉兒抬眼往上一瞥，見蘇運和的表情很是陰沈不快，知道他是為了自己剛才的那番話，才做出這種模樣。

怪怨蘇運和不該偷聽的同時，她又暗暗有些快意。

她擺起臉，佯裝不知地從蘇運和身旁走過，蘇運和忽緊緊地握住了她的手。

楊婉兒默不作聲，用力地把手從蘇運和手中抽了出來。

「誰在門外？」槿𡢃感覺到門外有人，出聲問道。

蘇運和趕緊換了一張臉，恭敬地道：「少奶奶，是運和，運和想問問少奶奶是否看完了帳簿？」

「剛好看完了，蘇掌櫃請進。」槿𡢃在裡間道。

蘇運和用力地瞪了楊婉兒一眼，先進屋去了。

楊婉兒在槿𡢃面前矢口否認了蘇運和後，蘇運和對楊婉兒再不像素日裡那般殷勤，還開始在楊婉兒面前擺起掌櫃的譜。

楊婉兒是「寧可我負天下人，不可天下有一人負我」的性子，哪受得了蘇運和這樣的轉變，況且這蘇運和於她而言「食之無味，棄之可惜」，若不吊著他，她亦覺她的生活會少了些許樂趣。

這一夜「美人妝」分店打烊後，夥計們都回去了，只剩蘇運和一人留在店內整理帳簿，楊婉兒帶了酒，出其不意地出現在了他面前。

蘇運和對她的到來似是並不意外，抬起眼皮瞧了她一眼，又低下頭繼續翻看帳目。

楊婉兒嬌聲笑道：「蘇掌櫃真是個大忙人，表姊若少了你，這一年到頭得少掙多少銀子。」

「運和做的不過都是分內事，擔不起表小姐這份誇。」蘇運和連眼皮都沒抬，冷聲道。

楊婉兒並不惱，扭了過來，站到他旁邊道：「瞧你，還在生氣呀！人家都特意來找你道歉了。」

「道歉，表小姐這話真是讓人受寵若驚。」蘇運和的臉色仍舊沒有緩和。

「何必陰陽怪氣的，反倒讓人覺得你這男人小氣，」楊婉兒給他倒了一杯酒，軟聲軟氣道：「就當我那日說錯了話，傷了你的心吧。」

蘇運和臉色終於好轉，接過杯子，一飲而盡。「這麼說，妳的心裡還是有我的。」

「那是自然。」

「那妳那日和少奶奶說的是幾個意思？」蘇運和又開始不依不饒。

楊婉兒裝模作樣道：「你這人，我一個小姑娘家，臉皮薄，突然被人問起，難不成要不知羞地全承認了？」

「那好，明兒我和妳一塊兒去找少奶奶，讓她給我們倆做主。」蘇運和咄咄逼人地道。

楊婉兒忽覺得今晚的蘇運和似換了一個人，再不像從前那麼好愚弄、好擺弄了。

她嗅到了一絲危險的氣息，剎那意識到，蘇運和極有可能和她一樣，是個慣會做作，慣會披著羊皮裝羊的狼。

她沈下了臉，甩手就要走。

蘇運和把她攔住了，玩味地道：「現在走，就不好玩了。」

「你想怎麼樣？」楊婉兒可不想見他把羊皮脫下來的樣子。

蘇運和陰笑著。「既要去玩狼尾巴，就別怕被狼咬呀！」

楊婉兒不禁冷笑，當真是夜路走多了，總會撞見鬼。

她以為她一直如貓般把蘇運和這隻老鼠玩弄於股掌，卻不知在蘇運和的眼裡，她也是一隻老鼠，而蘇運和隱藏得比她更深。

「蘇掌櫃說什麼我不懂。」楊婉兒道。

蘇運和變了臉色，抓起了她的手道：「還裝呢！妳以為妳騙得了別人，能騙得住我嗎？楊婉兒，妳就是個自以為是，又恬不知恥的女人。」

「蘇運和，你敢這樣說我。」楊婉兒氣得嘴都歪了。

「這樣說妳怎麼了，妳也不看看妳的身分，竟還想嫁給宋承先。妳表姊對妳這麼好，把妳當親妹妹疼，妳不知道感恩戴德，還打扮得花枝招展地去勾搭妳的姊夫，怕是妳對穆家的偌大財產也早生了覬覦之心。」

那一日楊婉兒打扮得花枝招展，想勾引穆子訓時，蘇運和剛好到穆府去了，又剛好看到了那一幕。

至於楊婉兒想嫁給宋承先，還有對穆家財產動了心思的事，於蘇運和而言更是顯而易見的事。

「蘇運和……你……」楊婉兒只當他會做生意、會算帳，卻不知他長了雙狼眼睛，把她的心思和行為都看得透透的。

她深吸一口氣，把唇一咬，反冷笑道：「是又如何？你還能到我表姊面前戳穿我嗎？」

頭尾兩件事無憑無據的，蘇運和就算說出去，她也可以說蘇運和是胡說八道；至於中間那件事，她已和穆子訓解釋過了，槿㜫若問起，她照樣還是那個解釋，連不待見她的穆子訓都可以信她三分，更何況是把她當親妹妹看的槿㜫。

蘇運和搖了搖頭。「我為什麼要在她面前戳穿妳，這對我有什麼好處？」

楊婉兒一下子懵了，完全不知道他葫蘆裡賣的是什麼藥。

但蘇運和此時的眼神就像已捕捉到獵物的獵人。

他掐住楊婉兒的下巴，看著她的臉，一字一字道：「楊婉兒，妳是我見過最不要臉、最壞的女人，但我蘇運和天生就喜歡像妳這樣的女人，越不要臉、越壞越喜歡。」

說完，他俯下身，狠狠地吻住了楊婉兒。

繞了一大圈，敢情蘇運和就是要告訴她，他是個變態，他喜歡女人的口味也和別人不同，別人喜歡好女人，而他只愛壞女人。

楊婉兒掙開了他，揚手給了他一巴掌。

蘇運和的臉上頓時出現了五個紅印，他下意識地舉手摸了摸臉頰。

就在這時，楊婉兒把他推倒在桌上，也狠狠地吻住了他。

物以類聚，她從前以為蘇運和是軟柿子不怎麼待見他，如今蘇運和露出了真面目，原和她同是「人面獸心」的傢伙，她倒一下子有些愛上他了。

蘇運和以為楊婉兒被他征服了，心裡正暗自得意，伸出手要環住她的腰。

楊婉兒忽張開口，毫不留情地把他的唇咬破了。

「妳……」蘇運和看著唇上沾著血的楊婉兒，臉色頓變。

楊婉兒拍了拍他氣急敗壞的臉，嘲笑道：「剛不還說你最喜歡壞女人嗎？」

蘇運和轉怒為笑，翻身把楊婉兒壓在了桌子上。

轉眼間，三年一度的春闈又來了，桃桃剛學會坐，穆子訓就又要離家上京赴考了。

槿嫿邊給穆子訓收拾衣物，邊叮囑他到了京城要記得給家裡寫信，要注意著衣著飲食，小心身子，無事莫在外停留，早些回家。

這些話，每次他離家前槿孀都要說上一遍，但穆子訓不嫌槿孀囉嗦。他豎起耳朵來仔細地聽著，邊聽還邊點頭。

「你放心！家裡一切有我。」槿孀叮囑完穆子訓，照例又來了這麼一句。

穆子訓輕輕地握住了她的手。「如今家裡人多，生意上的事也多，忙不來的，娘子盡可放心地交給林管家和趙掌櫃幾個。」

「知道。」槿孀微笑著點頭。

「辰生一轉眼都五歲了，我瞧著他近來調皮了些，若做錯了事，娘子該批評的還是要批評的，莫要縱著他。」

槿孀有些哭笑不得。「你這是一朝被蛇咬，十年怕井繩。」

「我小時候爹和娘都太縱著我了，我不想讓辰生步了他爹的後塵。」

「你的心意我明白，即便如此，也無須對辰生太過嚴厲拘束，五歲的孩子正是活蹦亂跳的年紀，若現在就逼著他規規矩矩，不許犯一丁點錯，長大後，他豈不成了根呆木頭？」槿孀儼然一副慈母心。

穆子訓笑道：「娘子說的有幾分道理，矯枉過正也不是個好辦法，那就寬嚴並濟，咱們既當慈父慈母，也當嚴父嚴母。」

槿嫿這才滿意了。「你放心吧！咱們辰生不會學壞的。」

「還有，到時桃桃開始學說話了，一定要教她喊爹，這樣等我回來了，我就能聽到桃桃叫我爹了。」

槿嫿就知道他有這個心，故意道：「想得倒美，我只教桃桃喊娘、喊奶奶。」

「如此，我還是不走為好，免得桃桃以為她沒有爹。」

「矯情！」槿嫿抿嘴笑著，把頭埋到他的懷裡，輕聲道：「相公，等你回來的時候，桃桃不僅會說話，還會走路了。若相公此番高中，會不會也像學謹老弟一樣留在京城做個校書郎？」

「這些事都還言之過早呢！」

「我可想好了，相公若留在京城，那我就把店開到京城去，相公在哪兒我就在哪兒。」

「有妳這句，為夫心裡已滿足了，可我怎捨得娘子如此奔波辛苦？京城雖好，金窩銀窩到底不如自己的狗窩，真有幸高中了得以授任，我也會想辦法向朝廷請求回鄉，或者在家鄉附近就職。」

若他像學謹那般還未成家，家鄉這邊也無偌大的家業，留在京中為官自是求之不得，畢竟京城才是全國最繁華昌盛、人才濟濟之地，多少人終其一生，也難以在國都有一席立足之地呀！

「若能就近任職，那再好不過了，我喜歡咱們這兒的山山水水，聽聞北邊一年到頭老颳風，那風裡還帶著沙子。」

「那叫沙塵暴，春天和秋天比較常見，我那年春待在京城，有次出門時，剛好颳起了沙塵暴，回來後，整個人髒得跟掉進了土坑一樣，頭髮、鼻子裡都是沙子。」

兩人正閒聊著，外間的門被人敲響了。

「姊姊，我學了好幾天，終於做成了桂花酥，婉兒嚐著味道可以，想著姊姊喜歡吃甜的，特意拿些來給姊姊嚐嚐。」楊婉兒在外邊道。

槿嬑親自去開了門。

楊婉兒端了碟桂花酥站在門前，一見她就露出了乖巧的笑。

槿嬑親熱地道：「妹妹有心了，快進來坐坐。」

「不了。」楊婉兒向裡邊瞅了下，告訴槿嬑她知道穆子訓在裡邊，就不進去打擾他們夫妻倆了。

槿嬑會意地接過了桂花酥。

楊婉兒點了下頭，步履輕快地走了。

槿嬑端著桂花酥回到屋子，穆子訓已從裡間走了出來。

「相公，這是表妹做的桂花酥，你也一塊兒來嚐嚐。」槿嬧道，就著一張檀木圓桌坐了下來。

穆子訓坐到她身邊，見她輕咬了一口桂花酥，微笑道：「又香又酥，婉兒真是心靈手巧，以後誰娶到我這表妹可真有福了。」

「娘子稍微用點心，做得絕對比她好。」

「我呀！烙些芝麻餅，做做饅頭還行，像這種精緻的點心我可沒有辦法。」槿嬧很有自知之明地說著，見穆子訓一臉出神，奇怪道：「你怎麼不吃呢？」

穆子訓回過神來。「娘子別怪為夫多嘴，常言道：知人知面不知心，防人之心不可無。有些時候，眼睛看到的不一定是真的。」

他們剛才才說著楊婉兒，穆子訓立即來了這麼一句，雖然他沒挑明，可槿嬧也猜得出他指的是誰，不解道：「相公還是覺得婉兒表妹有問題？」

「有些事太過刻意，反而不妥了。」

「表妹現在是跟以往很不同，但她經歷了那麼多事，有變化也在情理之中，相公不也浪子回頭了嗎？」

槿嬧打從心底願意相信楊婉兒是真的變好了，若楊婉兒真的包藏禍心，在她面前卻可不露出一絲破綻，那真的太可怕了！她的善良讓她下意識地拒絕這種可怕的事。

穆子訓聽到她這麼說，怕他再就這事討論下去，未免讓槿嬗覺得他「小人之心度君子之腹」，況且，這一切也只是他的推測，便淡淡道：「許是我多心了。」

「嗯。」槿嬗若有所思地點了點頭。

上一回，穆子訓和張學謹一塊兒入的京。這一回，和他一同上京的，不是別人，正是齊舉人家的公子齊盛。

幾年前的鄉試，齊盛耽於玩樂，名落孫山，而和他一同到省會考試的穆子訓和張學謹卻都榜上有名。

齊盛灰頭土臉地回家後，他的舉人爹倒沒怎麼責備他，可他羞於見人，每日只管躲在屋內，連張學謹和穆子訓上京趕考那一日，他也沒有前來送別。

那些狐朋狗友一開始還來找他玩，可後來，見齊盛已玩不起了，便不再找他。

「知恥而後勇」，頭懸梁、錐刺股了三年後，齊盛終於在今年鄉試中了舉，這才又歡歡喜喜地出現在了穆子訓面前。

結伴上京，也是齊盛先提出的。

齊盛能痛改全非，有今日的成就，穆子訓也為他感到高興，絲毫不計較齊盛冷落了他好幾年。

有齊盛作伴，槿嬗也放心了許多。

赴京趕考，路途遙遠，多個伴，總多個照應。

穆子訓離家後，槿嫿每日過著按部就班的生活，無非就是家裡、店裡兩頭跑，得了空就到慈濟院去看看那些孤兒，給他們帶些小禮物，鼓勵他們好好生活、好好做人。

桃桃還不足歲，雖有一個乳娘和一個丫鬟照顧著，但槿嫿這個親娘也不能說脫開身就脫開身。

孩子太小，她怕自己若不每日抱她親她、和她說話，桃桃會分不清親娘和乳娘。

穆子訓未離開家前，常給桃桃唸書，槿嫿怕穆子訓走後，桃桃聽不到讀書聲不習慣，因此一有空也唸書給桃桃聽。

穆子訓唸《大學》、《中庸》，她就唸《三字經》、《千字文》，順帶把辰生也叫了過來，和桃桃一塊兒聽她唸書。

她唸書的時候，辰生就嘰嘰喳喳地學她唸書的模樣，過了十天半月後，大字不識的辰生竟也能準確無誤地背上一大段「人之初，性本善，性相近，習相遠」……

槿嫿十分安慰，只是跟兩個孩子相處的時間多了、長了，生意上的事，便有些顧不過來。

好在，各大商行的掌櫃都是她親手提撥的得力幹將，一些不大的事，他們皆能妥善處理，每隔半月按時繳銀，並把帳簿和營業手帳送到穆府給她察看。

這一日，「美人妝」分行的掌櫃蘇運和送了帳簿過來。

槿嬗仔細地察看了一番，發現這半個月的利潤比上半個月低了八十九兩。本來這利潤或高或低，只要在正常的波動範圍內，也屬常事。

但按往年的經驗，入了秋後，利潤應只增不降的，況且「美人妝」的總店也未出現這種情況。

槿嬗雖有些鬱悶，但這數額不大，她又一向十分信任蘇運和，除此外也沒其他不妥之處，便如常地把帳簿送還給了蘇運和。

「辛苦蘇掌櫃了。」槿嬗如常地微笑道。

「少奶奶這是哪裡的話，這個月的利潤有些許下降，運和正覺心裡有愧。」蘇運和有些自責地道。

他這樣的態度，倒讓槿嬗忍不住安慰他。「不過是小數目，不打緊。」

「少奶奶放心，運和一定會想辦法把下半個月的利潤提上來的。」

「蘇掌櫃辦事，我一向都是非常放心的。」槿嬗笑道。

蘇運和拿了帳簿，就要回去，走到了近門口處，卻碰見了楊婉兒。

兩人不過只是微微點了一下頭，便各走各的路了。

槿嫿見狀，待楊婉兒走進來後，道：「我瞧著妳跟蘇掌櫃生疏了許多。」

「我只是覺得我既對他無意，就該和他保持著距離，免得招人閒話。」楊婉兒道。

槿嫿點了點頭。「這樣很好，你們一個未娶、一個未嫁，若交往得過密了些，瓜田李下的，確實不是個事。」

楊婉兒正色道：「婉兒如今在表姊家，自不敢做出任何辱沒了穆家門風的事。」

「這般說就太見外了，如今這也是妳的家。」槿嫿道。

儘管穆子訓提醒她要提防楊婉兒，可她左看右看，就是沒看出楊婉兒有何不妥之處。

楊婉兒每日裡對她噓寒問暖的，對姚氏也很恭順，有些事交給她做，她也做得不錯，讓槿嫿真的是一點錯也挑不出來。

這一夜，過了打烊時分，楊婉兒料想蘇運和應該回到家裡了，便又偷偷地溜出了穆府，到蘇運和的私宅去。

蘇運和知道她要來，早把門打開了。

楊婉兒到了後，輕輕一推，進了大門後，便輕車熟路地往他屋裡去了。

蘇運和已解了外袍，一見楊婉兒進來，便抱住了她。

兩人翻雲覆雨了一番後，楊婉兒倒在了蘇運和懷裡道：「今日送去的帳簿她可有說什麼？」

「我做帳的本領妳還不知道嗎？我只會讓她看到我想讓她看到的。」蘇運和自鳴得意地道。

從前兩個月開始，蘇運和就開始在帳簿上做手腳，挪用「美人妝」分行每月所賺的利潤。

原本他並不想這麼做，可禁不住楊婉兒一而再、再而三地挑唆，再加上他本也是個有野心，喜歡鋌而走險的人，這事是不想做也做下了。

楊婉兒滿意地笑了笑，摸了摸蘇運和敞開的胸膛，問道：「照這法子，咱們一年神不知鬼不覺搞到手的銀子能有多少？」

蘇運和伸出了三根手指道：「至少有三千兩。」

「三千兩！」楊婉兒登時兩眼發光，用力地親了下蘇運和的臉頰道：「心肝，你可真是個天才。」

蘇運和捏了捏她的臉道：「妳現在才知道。」

楊婉兒笑了笑，又怨道：「要是你早聽我的勸，早些動手，到手的錢不就更多了嗎？」

「得了，別再說這個。」

「有什麼說不得，你給她當掌櫃，替她出力賣命，她一年到頭才給你幾個子兒？」楊婉兒見蘇運和似還念著槿嫿對他的恩，勾住了他的脖子道：「當初若不是你替她扳倒了郭友長，她哪能有今日，結果只給了你這個分店，倒把總店給了沒出什麼力的李掌櫃。每次想起這個，我都替你委屈。」

楊婉兒極力離間著蘇運和和槿嫿之間的關係，可蘇運和聽完了這些話後依舊沒什麼表態。

楊婉兒不禁勾唇冷笑。「看來咱們蘇掌櫃是對那女人起了憐香惜玉之心？」

「別胡說，她總算沒虧待過我。」蘇運和聽不得楊婉兒這麼說。

「嘖嘖嘖，原來蘇掌櫃是個知恩圖報的好人呀！那是我多嘴了，我也不配和你待在一處。」楊婉兒說著，便作勢要穿衣下床。

蘇運和截住了她的腰道：「再沒有比妳狠心的了。」說著，他從枕下拿出了一張銀票，遞到她手裡道：「我人給妳了，錢給妳了，妳還要這樣對我？」

楊婉兒接過銀票，這才轉怒為笑。「等咱們攢夠了錢，再搞到向小湘的秘方，那就高枕無憂了。」

她在穆家待了那麼久，聽聞玉容膏的製作秘方分別保存在向小湘和槿嫿手裡。楊婉兒在槿嫿面前做小伏低，就是想獲得槿嫿的信任，好套取玉容膏的製作秘方。

「美人妝」能迅速崛起，在妝粉行站住腳，主要靠的就是這張秘方。可惜她在穆家待了這麼久，也不知道槿嫿把那秘方藏在了哪裡，不然，她早把方子偷出來了，也省得還要日日在槿嫿面前演戲。

跟錢相比，蘇運和也更想要那方子，這才甘冒風險和楊婉兒搞在了一塊兒，聽她擺布。

蘇運和又親了親楊婉兒的臉道：「今晚別回去了。」

「我要是聽你的，我就是找死。」楊婉兒往外瞧了瞧道：「時候不早了，我真該回去了。」

她下了床，邊穿衣服邊道：「再不回去，萬一被棠槿嫿發現了，起了什麼疑心，那我之前做的就全白費了。」

蘇運和看著楊婉兒的身子，笑道：「這黃花閨女一旦成了婦人，莫說身形，就是走姿也跟做姑娘時不一樣，她都生了兩個孩子，竟一點也沒察覺出妳已是被人開過苞的。」

楊婉兒繫好了腰帶，啐了他一口。「偏生是你長了雙狗眼，又長了張狗嘴，看人家走幾步路，也能知道人家關起門來做了啥。」

「妳看妳發的什麼火？我也是聽人說的。自做了那事，我瞧著妳這模樣也跟以往不同。」蘇運和輕薄地說。

「滾你娘的，我是胖了還是瘦了？出了你這屋，誰不說我是冰清玉潔的黃花閨女？你若敢在外人面前多嘴，壞了我的事，看我能饒你！」楊婉兒瞪眼道。

她雖和蘇運和做了苟且的事，但她並不想讓任何人知道，有時想起這個，她心裡還隱隱有些噁心。

也許她不是噁心蘇運和，而是噁心自己——她本想做個美好而清白的女子，可偏落到了這步田地。

楊婉兒穿好了衣服，整理好頭髮後，不再瞅蘇運和一眼，揣著銀票走了。

楊婉兒偷偷摸摸地沿著來路回到了穆府，正準備回屋打水洗個澡，辰生忽而出現了。

「表姨，妳剛才到哪兒去了？」辰生站在她房門口，眨巴著眼睛問。

楊婉兒先是嚇了一跳，確定只有辰生一人，才鎮定下來道：「表姨哪兒也沒去呀！」

「表姨騙人，我剛才來找妳，妳不在屋裡，我又看見妳從後門的方向偷偷地走了進來。」辰生童言無忌地道：「表姨的樣子好像一個賊。」

這話簡直戳中了楊婉兒的心事，她蹲下來，皮笑肉不笑地對辰生道：「辰生真聰明，表姨剛才是不在屋裡，那後門的牆角下有蟋蟀，叫得可大聲了，表姨本想抓幾隻給辰生玩的。」

「真的有叫得很大聲的蟋蟀？那妳快帶我去看！」辰生拉住了楊婉兒的手，興沖沖地說道。

楊婉兒剛想尋幾句話哄他回去，辰生忽往她身上嗅了嗅，皺眉道：「表姨，妳身上怎有個怪味？」

楊婉兒一下子臊得滿臉通紅，好似辰生已將她跟蘇運和捉姦在床一樣。

腦子一熱，她揚手就給了辰生一巴掌。「臭崽子，叫你胡說！」

楊婉兒一直在穆家老小面前裝好人，自辰生會記事、會說話後，她更一直在辰生面前扮演著溫柔大姊姊的戲分，何曾這樣疾言厲色過。

辰生是穆家的長孫，槿嫿的心肝寶貝，自出生起就在眾人的寵愛中長大，更是不曾挨過打。

楊婉兒此時此刻的舉動和表情，在年幼的辰生眼裡簡直如畫上的羅剎一樣可怕。吃了一耳光後，辰生又是疼、又是怕，立馬放聲大哭了起來。

楊婉兒見他哭了，急得去捂他的嘴。

辰生驚恐，手腳亂擺掙扎了起來，可他一個小人兒，哪是楊婉兒的對手。

楊婉兒一隻手捂著他的嘴，另一隻手則按在他的胸口，看著辰生那苦苦掙扎的樣子，電光石火間，她的腦海裡冒出了一個極惡毒的想法。

楊婉兒把放在辰生嘴上的手往上移了移。她想捂住辰生的鼻子，讓他無法呼吸，窒息而死。

在那一瞬間，她甚至想好了把辰生捂死後，丟到不遠處的蓮塘，好設計成辰生失足溺水的樣子！

第十九章

就在這時，一直照顧著辰生的乳娘高氏聞聲趕來了。

因是在夜裡，她一時間也瞧不清楊婉兒和辰生在做些什麼，只是看見兩個一高一低的人影在晃動，出聲道：「辰生，你跟表小姐在玩些什麼？叫得那麼大聲，把高嬤嬤都嚇到了。」

楊婉兒驚得趕緊鬆開了手。

辰生終於得以擺脫楊婉兒，又見高氏來了，忙奔到她懷裡啼哭道：「高嬤嬤，表姨是壞人，她打我，她還罵我是臭崽子，把我抓得很疼很疼……」

楊婉兒聽到辰生這麼說，一時間非常心慌，轉念又想辰生不過只是個五歲的小屁孩——世人皆知，小屁孩都愛哭愛鬧，還愛胡說八道，她何不利用辰生年幼這一點大事化小，小事化了。

楊婉兒裝作沒事人的樣子對高氏道：「哎喲！我只是想逗辰生玩玩，哪知他就鬧起來了，也是我不好，不該去惹他的。」

「原是如此。」小孩子哭鬧本是常事，楊婉兒這般說，高氏並無絲毫懷疑，只管把辰生抱在懷裡哄道：「好了，好了，不哭了，高嬤嬤給你吃乳酪酥。」

乳酪酥是辰生最愛吃的，往常他哭鬧，高氏說起這個，辰生就不哭了，可這一回，這一招卻是不頂用了，辰生還是啼哭不止。

楊婉兒便繼續作戲，對高氏道：「看來辰生是真的生氣了，不肯原諒我。你覺得表姨打了你、罵了你，那表姨也讓你打、讓你罵。」

楊婉兒說著走向了辰生，高氏見這也是個法子，抓起了辰生的手往楊婉兒身上打去道：「好了，辰生打回來了。」

辰生小臉上滿是淚水，想起楊婉兒剛才打得他臉疼，下意識地揮起小手，真給了楊婉兒一耳光。

他的力氣雖不大，但他這一耳光打得卻是有模有樣。

楊婉兒登時眼神一變，高氏也覺辰生過分了，忙拉回辰生的手訓道：「辰生，你太不像話了，怎麼能打你表姨，要是被你娘知道了，非挨罵不可。」

辰生一聽這話，又委屈地哭了起來。「不是妳們說讓我打回來的嗎？她剛才就是這樣打我的，只准她打人，不准我打她，嗚嗚嗚……」

「沒關係的，只要辰生高興就行了。」楊婉兒怕辰生口無遮攔，說出什麼話讓高氏起疑，忙服軟道。

「好了，好了，高嬤嬤不告訴你娘。不哭了，再哭下去，被夜貓子聽到了，夜裡就要爬到你床上吃你的小腳趾。」高氏連哄帶嚇，終於把辰生哄安靜了。

楊婉兒看著高氏抱著辰生離開的背影，狠狠地咬住了牙。

辰生頭一次受了這麼大的委屈，被高氏抱走後，便嚷著要見親娘，高氏只得抱著他去見槿嫿。

槿嫿正把桃桃哄睡，辰生哭紅著小臉跑進來，一把摟住她的腰。「娘，表姨打我。」

「誰打你？」槿嫿以為自己聽錯了。

「表姨。」辰生又道。

高氏跟著進來，低聲笑道：「許是表小姐跟小少爺玩，一時間過了頭，沒注意到分寸，便把小少爺惹哭了。」

「不是這樣的。」辰生用力地搖了搖頭，委屈地解釋。「表姨很晚才回來，我問表姨去哪兒了，她說她去後門那兒看大蟋蟀，我讓她帶我去，然後她就打我了。就這樣……舉手，一下子打在我的臉上，打得我好疼好疼。」

辰生邊說邊把楊婉兒打了他一耳光的動作比劃出來。

「她還用手捂住我的嘴，就這樣……很用力地捂著，害得我都發不出聲。」

辰生說得很激動，但槿嬙聽得一頭霧水。

她捧起辰生的臉看了看，確實是左臉比右臉更紅些，又摸了摸辰生的腦袋道：「你表姨真打你了？」

「嗯。」辰生噘嘴應道。

「她平日對你不是可好，你也愛和她玩嗎？她做什麼突然間就打你，是不是你頑皮，做了讓她生氣的事？」

「我沒有，我什麼也沒做。」辰生用力地搖了搖頭。

「那就是你說了什麼？」

「我沒說什麼……」辰生想了想，才低聲道：「我就說了她身上有個怪味，她就打我了。」

「怪味？什麼怪味？」

「就是有點臭臭的，怪怪的味。」辰生努力地形容著。

槿嬙更奇怪了，看向了高氏道：「妳剛才打婉兒那兒來，聞到什麼味了嗎？」

「沒有。」高氏搖了搖頭。

辰生急了。「明明就有，我說的是真的，真的都是真的，她身上就是那種怪味。」

辰生見槿嬧和高氏不信他，又開始哭了起來。

槿嬧怕他大哭吵醒了桃桃，忙把他抱進懷裡安撫道：「好好好，娘相信你，辰生說的都是真的，別再哭了，要是把妹妹吵醒了，娘可不饒你。」

辰生瞥了眼躺在搖籃裡熟睡的妹妹，不敢再大聲哭泣。

槿嬧摸了摸辰生的腦袋，對高氏道：「還請高嬤嬤以後好好看著辰生，別讓他離開妳的視線。」

「是，夫人放心。」高氏點頭道。

到底是自己的兒子，聽說被人打了，當娘的怎能不心疼？但辰生年紀太小了，小孩子說話又沒個準兒。

她是不相信楊婉兒好端端地會和辰生過不去，莫說一個是大人、一個是小孩，就是平日裡，他們也很合得來，哪有說翻臉就翻臉的。

槿嬧邊輕揉著辰生的小臉，邊道：「娘給你揉揉，揉了咱辰生就不疼了。」

辰生乖巧地閉上了眼，沒一會兒就倒在槿嬧懷裡睡著了。

然而同一時間，楊婉兒這一夜卻是轉輾反側，難以入眠。

雖然她在高氏面前掩飾得好，但童言無忌，誰知道辰生在槿嬧面前會說些什麼。

若說了任何一點對她不利的東西，讓槿嬧對她起了疑心，那她以後在穆家的日子就不會像如今這般好過了。

翻來覆去了一整夜後，第二日她便往槿嬧那兒去了。

明面是道歉，實際是探口風。

她跟槿嬧說她昨天不過是想逗逗辰生，可能是下手沒注意，不僅惹得辰生不高興，還哭了一場，她實在覺得很過意不去。

小孩子有時就是愛耍脾氣哭鬧，楊婉兒既已親自前來解釋道歉，槿嬧哪能再在這事上計較，便對她道：「小事情而已，表妹不必放在心上。」

楊婉兒確定槿嬧沒有起疑，心裡的石頭才落了地。

過後，她又做了許多好吃的，買了好些玩意兒，還抓了兩隻又肥又大、叫得又響的蟋蟀去哄辰生。

辰生有得吃、有得玩，很快就把那夜的事淡忘了，又把楊婉兒當成了自己的好表姨。

這事後，楊婉兒到蘇運和那兒去就更加謹慎了。

第二年，春三月。

春闈結束過後，槿嬧就一直在等穆子訓的信。

到了四月中旬，她生日的前幾日，才收到了穆子訓從京城寄回來的信。

穆子訓在信裡告訴了她一個好消息和壞消息，壞消息是，他這次的春闈又榜上無名，齊盛亦名落孫山；好消息是，天子為慶太后七十歲生辰，特開恩科。他和齊盛皆打算留在京城，明年參加恩科。

簡單的說，三年一次的春闈是常規的考試，是正科，恩科就是在正科以外的加考，讓落榜的學子都有再次中試的機會，以顯示皇恩浩蕩。

槿嫿接到這信，喜憂參半，喜的是朝廷開恩科，穆子訓身子無恙，憂的是穆子訓又落榜了，暫時還回不了家。

說好等桃桃會叫爹時，他就回來的。如今，她已教會桃桃喊爹，穆子訓卻又得再過一年才能回鄉與家人團聚。

槿嫿捧著信一時失了神，穆子訓沒有如期回來，她心裡空落落的。

姚氏拿起了穆子訓隨信託人送來的粉色錦盒，交到槿嫿手裡道：「這是訓兒給妳的禮物，妳不打開看看？」

穆子訓在信尾提到了她的生日，這繡著芙蓉花樣的錦盒裡放著的，就是他給她的生日禮物。

槿嫿心事重重地打開了盒子，眼睛忽然一亮。

盒子裡放著一對銀鍍金點翠珍珠耳墜，耳墜上的點翠玫瑰花層層疊疊，栩栩如生，墜上的南珠則飽滿圓潤，光澤細膩。不管是材質和做工，這對銀鍍金點翠珍珠耳墜都屬上佳。

玫瑰和珍珠，乃是槿嬗的心頭好呀！

她一下子笑了，甜蜜地道：「虧他還記得我喜歡這個。」

「快戴上看看。」

姚氏催著，拿起了耳墜，親自替槿嬗戴上了。

「娘，好看嗎？」

「好看，太好看了，咱子訓的眼光錯不了的。」姚氏嘖嘖地誇道。

站在一旁的丫鬟也齊齊誇了起來。

槿嬗讓丫鬟取來了一面鏡子，仔細地照了照，越照越覺喜歡，心底對穆子訓的那點怪怨也淡了許多。

此時，楊婉兒拉著辰生的手進來了。

見屋子裡這般熱鬧，姚氏也在，楊婉兒先給姚氏行了一禮，又看向槿嬗道：「姊姊，是不是姊夫高中了？」

「高中倒沒有，天子開了恩科，他明年還要考呢！」槿嬗放下鏡子應道。

楊婉兒一下子注意到了她的新耳墜，走上前來。「姊姊，妳這耳墜是哪兒買的？也太好看了。」

「不是買的，是妳姊夫託人從京城裡送來的，咱們城裡怕是沒有這麼好的工藝師，做不出這樣的耳墜來。」姚氏道。

「這也不一定，兒媳記得李記有個姓汪的老師傅就有這麼好的手藝，娘妳的那只金絲如意點翠手鐲不就是汪師傅打的嗎？」槿嫿提醒道。

姚氏這才想起了去年春節時，穆子訓送她的金絲如意點翠手鐲，連聲笑道：「沒錯沒錯，但我瞧著這工藝比那汪老師傅好得多了，又是從京城來的，京城的東西，總不是咱們這兒可以比的。」

「大娘說得對，婉兒還沒見過這麼好看的耳墜。姊夫特意讓人打了耳墜，又特意讓人千里迢迢送到家裡來，姊姊真是好有福氣。」楊婉兒羨慕地說著，伸出手往耳墜上摸了又摸。

姚氏見狀，笑道：「喜歡嗎？不需羨慕妳姊姊，趕明兒找個有家底又會疼人的郎君，還不是妳想要什麼就有什麼？」

「大娘盡會取笑人，婉兒哪有這等福氣。」楊婉兒臉紅了起來。

辰生爬到了槿嫿身上，摸了摸槿嫿的耳墜道：「娘，這是爹送給娘的？」

「是呀！」

「那爹什麼時候回來？」

「明年吧。」

「明年是很久以後的年。」辰生有些失落地低下了頭。「啊，辰生現在就想爹回來了。」

這話又觸動了槿嬑的思夫情緒，她摸了摸辰生的小腦袋，微微一笑。「快了，明年是很快的年，咱們很快就能見到你爹了。」

「要是子訓明年能高中就更好了。」姚氏期待地說。

「一定的，姊夫一定能高中。」楊婉兒奉承著，兩隻眼睛仍緊緊地盯著槿嬑的耳墜看。

天氣涼了，轉眼又到了秋。

有一對兒女常伴左右，槿嬑日日都覺歲月靜好。

辰生這時已六歲，槿嬑想起了穆子訓的囑咐，便請了個姓李的先生到家裡來教辰生讀書識字。

這孩子在讀書上有幾分天賦，識字快，又聽話。李先生是秀才出身，原本是個很嚴厲的先生，得了個辰生這樣的學生，也相對的寬和起來。

十月，溫度陡降，李秀才感染了風寒，留在家中休養，便沒到穆府來給辰生授課。李先生來不了，槿嫿權當給辰生放假，但她怕辰生玩野了，便要求辰生每天寫一頁字交給她察看。

至於字寫好後，辰生愛怎麼玩，她都是不拘的。

這一日，辰生早早地寫好了字，到槿嫿房間去找娘親，槿嫿並不在。辰生便把字壓在了桌子上，離開了。

他離開後好一會兒，槿嫿才回到了屋裡。

「少奶奶，小少爺把寫好的字送過來了。」小竹眼尖，發現了壓在一本書下的字。

「這孩子，今天倒早，快拿來我瞧瞧。」

槿嫿笑著，接過了小竹遞過來的字。

「寫得粗糙了些，定是想著玩，不肯用心了。」槿嫿邊看著辰生寫的字邊道。

「我覺得小少爺寫得很好呀！李先生之前常誇小少爺是個可造之材呢！」小竹淨揀些槿嫿愛聽的話說。

雖然知道小竹是在恭維她，但槿嫿聽了心裡也舒坦。

哪個當娘的聽到自家孩子被誇時，不高興呢！

她又仔細地端詳著辰生的字，想著等過幾天給孩子他爹寄信時，也把辰生寫的字寄去幾份，讓穆子訓知道他的兒子也會寫字了。

她正想得入神，辰生忽冒冒失失地跑了進來。

「娘，妳看這是什麼？」辰生手裡拽著東西，邊跑向她邊道。

「你這孩子去哪兒了？」槿嫿放下手中的字，笑道。

辰生左右打量著她的雙耳，忽迷惑了起來，自言自語道：「怎麼會呢？娘這兒怎麼有？」

「什麼怎麼會？」槿嫿被他弄得一頭霧水。

辰生攤開了手，手掌裡不是別的，而是一對銀鍍金點翠珍珠耳墜。

如果不是槿嫿現正戴著穆子訓送她的銀鍍金點翠珍珠耳墜，她會以為辰生把她的耳墜拿走了，因為辰生手裡的耳墜和穆子訓送她的，看起來完全一模一樣。

「這個，你哪兒來的？」槿嫿疑道。

她從來不知道府中還有第二對這樣的墜子。

辰生道：「我剛才到表姨屋子裡去，表姨不在裡邊，我看見她桌子上放了一對這樣的耳墜，以為是表姨把娘的耳墜拿走了，就想拿回來還給娘。」

辰生知道這耳墜是他爹送給他娘的，而他娘喜歡得不得了，所以當他在楊婉兒屋裡見到這副耳墜時，他下意識地以為是楊婉兒拿走了槿嬧的耳墜，他應該把它拿回來還給娘。

槿嬧聽到他說這耳墜是從楊婉兒屋裡來的，登時覺得這事不對勁。

辰生見槿嬧不說話，以為槿嬧是怪他拿了楊婉兒的東西，有些害怕地道：「娘，我不是故意的，我沒有想偷表姨的東西，我以為這是娘的，我只想把它拿來還給娘。」

槿嬧拉過辰生的手道：「娘知道，娘不怪你。不過這不是娘的，你以後不能在沒有經過別人同意前就拿走別人的東西，知道嗎？」

「知道了。」辰生用力地點了點頭。

槿嬧拿起辰生手裡的耳墜，認真地瞧了好一會兒，又把耳墜放回辰生手裡，囑咐道：「我叫小竹陪你到你表姨那兒去，你這耳墜是從哪個位置拿的，就放回哪個位置，千萬別讓你表姨瞧出來了。」

「是。」辰生又點了點頭。

槿嬧向小竹使了使眼色，小竹一下子明白了過來，帶著辰生下去了。

他們離開後，槿嬧仔細想了想，她剛才察看過耳墜，仔細比對，辰生從楊婉兒屋裡拿來的耳墜跟她的在做工上還是有些許不同。簡單地說，她這對做工比較精巧細緻，楊婉兒的那對就略顯生硬。

但這兩對耳墜的用料是一般無二的，特別是上邊的南珠，大小、光澤、圓潤度都與她這對不相上下。

楊婉兒一直住在她這兒，每月的月錢是她親自給她的，楊婉兒有多少錢，槿嬞再清楚不過。而這銀鍍金點翠珍珠耳墜造價不菲，絕不是楊婉兒買得起的。

楊婉兒素日裡極少與外人接觸，也不曾聽她說起有什麼有錢的朋友，可她屋裡偏有這樣的耳墜，不是太匪夷所思了？

槿嬞不讓辰生獨自回去，而讓小竹跟著，是怕萬一楊婉兒回來了，正好撞見了辰生，辰生會解釋不來。

這對耳墜讓槿嬞意識到，楊婉兒或許不像她表面看到的那樣。

等了好一段時間，小竹終於帶著辰生回來了。

「放回去了嗎？」槿嬞問。

「放回去了，原來的位置，一點都沒差。」辰生點頭應道。

「可有撞見你表姨？」

辰生搖了搖頭，小竹亦搖頭道：「沒有，我問了下，原是表小姐被老夫人屋裡的阿歡叫去幫忙了，還沒回來。」

「原來如此。」

定是阿歡叫得有點急，楊婉兒才來不及把耳墜收起來的，哪知竟被辰生發現了。

槿嫿沈思了良久，先喚高氏把辰生帶了下去，然後把耳墜的大概模樣畫了下來，讓小竹帶著圖到城裡的李記去打聽打聽。

李記是城中最有可能打造得出銀鍍金點翠珍珠耳墜的首飾店，小竹帶著圖到了李記後，直接說她要見掌櫃的。

掌櫃見小竹的衣著打扮是大戶人家的丫鬟，不敢怠慢，請她到雅間用茶。

小竹喝了茶，才慢悠悠地把耳墜的圖紙拿了出來，說是她家小姐要打耳墜，可提供原材料，製作費十分可觀，只問李記是否有師傅能照著這圖樣，打出一對銀鍍金點翠珍珠耳墜。

掌櫃的見了那圖紙，也不多問，胸有成竹地說包在他身上。

小竹一見他這態度，就知道有戲，假意道：「李記的師傅真的能做出這樣的耳墜？我之前可是問了好幾家，沒一家敢接這樣的活兒。」

「姑娘有些孤陋寡聞了，我李記的汪師傅可是本城最好的首飾工藝師，這點翠的技藝他敢說第二，沒人敢說第一。」

「我自是信得過掌櫃，只是那南珠十分昂貴，若汪師傅之前做過這樣的耳墜，那我們小姐定是可以放心的。可惜呀！這是京城來的新樣式，怕是汪師傅連見都沒見過，更別說製作了。」小竹道。

「姑娘說笑了，如果不是有十足的把握，我們李記也不敢接這樣的活。不瞞姑娘，兩個月前，汪師傅就做過這樣的耳墜，那客人來取貨時，可是十二分滿意。」

「是嗎？京城來的新樣式，竟有人趕在我家小姐面前先做了，這人是誰？若是認識的，我跟我家小姐說說，叫她到那人府上瞅一瞅，心裡就更有底了。」小竹繼續套掌櫃的話。

掌櫃猶豫了一會兒道：「是位公子，妳家小姐怕是不敢到他家去。」

小竹笑道：「這也無妨，我可請我家公子或者家裡的小廝去問問那位公子。」

掌櫃怕到手的生意丟了，便道：「是『美人妝』分行的掌櫃蘇運和。」

小竹內心吃驚，臉上只恍然大悟地笑道：「啊，原來是鼎鼎有名的蘇掌櫃，連蘇掌櫃都信任你們李記，我們還有什麼不放心的。」

小竹爽快地說著，把押金留下了，說過兩日，會把做耳墜所需的珍珠送過來。

掌櫃見生意成了，十分高興地送她出去。

小竹離開李記就回府，把打聽到的事都告訴了槿嬗。

「是蘇掌櫃，居然是蘇掌櫃！」槿嬗的吃驚不亞於小竹。

「李記的掌櫃如此說，想必不會有假。」小竹道。

蘇運和叫李記打的耳墜，卻出現在楊婉兒屋裡，顯而易見的，這耳墜是蘇運和送給楊婉兒的。

但是楊婉兒明明說她不喜歡蘇運和，為了避諱，在人前，兩人連句話都不多說，為何收下了這麼貴重的禮物？

而且，不送別的，偏送一對和她一模一樣的點翠南珠耳墜。

她戴著這耳墜在蘇運和面前出現時，蘇運和可沒表現出對她的耳墜多感興趣的樣子，一般的男人都是極少去注意女人身上的配飾，她是東家，他盯著她的耳朵看也不合適。

那蘇運和是怎麼讓李記做出了一對一模一樣，相差無幾的？

除非……

槿嬧想起了楊婉兒有好幾回盯著她的耳墜出神的情形，霎時明白過來，是楊婉兒要求蘇運和送她銀鍍金點翠珍珠耳墜。怕是為了能打出一對一模一樣的，楊婉兒還找了蘇運和好幾回，在他面前仔細地描繪了一遍又一遍。

他們兩人當真是關係匪淺，既如此，何必一直在她面前演戲？她可是明確地表示過願意撮合他們兩個。

楊婉兒明面上不同意，說她絕對安分守己，不會做出辱沒穆家門風的事，暗地裡卻和蘇運和暗通款曲，這到底是為什麼？

小竹提醒道：「少奶奶，那耳墜還讓不讓李記打？」

槿嬧回過神來，想了一會兒道：「打，不過不打耳墜，改成髮簪，義嫂下個月過生辰，我就送她這個。」

「是，小竹知道了。」

小竹下去後，槿嬧又想了許久，決意先不戳穿他們兩人之間的關係。

楊婉兒是她的表妹，又是個未出嫁的姑娘，她總得給她留幾分顏面。

但她隱約覺得這事並不簡單，再聯想起那一夜辰生說楊婉兒很晚回來，又打了他的事，便暗中叫府中人仔細著楊婉兒的舉動。

楊婉兒那邊，卻不知道槿嬧已對她起了疑心，還以為一切都還在自己的掌握之中，而槿嬧此時，亦還想給楊婉兒坦白的機會。

某日，見到她時，槿嬧用開玩笑的口吻道：「這些年過去了，妳和蘇掌櫃依舊是一個未婚、一個未嫁，蘇掌櫃怕是一直都惦記著妹妹，妹妹真的不重新考慮考慮？」

楊婉兒聽到槿嬧這麼問，依舊是想都沒想就回絕了，回答得既乾脆又俐落。

若不是槿嬧已知她跟蘇運和之間不清不白，見到她這樣的態度，定又被她糊弄了過去。

不久後，槿嬧派出的人暗地裡來報告，說是楊婉兒某天入夜後鬼鬼祟祟地到蘇運和家裡去了，兩人也不知做了些什麼，過了好長時間，楊婉兒才從蘇宅出來。

口口聲聲不願意嫁給他，對他無意，一個未出閣的姑娘，卻在入夜後跑到男方家裡去，這是正經姑娘做得出的事嗎？

槿嬧雖還不知道楊婉兒葫蘆裡到底賣的是什麼藥，但她這樣的行徑已讓槿嬧十分不齒與心寒。

她真心實意拿楊婉兒當妹妹，留她在家裡養了這麼多年，一心想尋個好人家風風光光地把她嫁出去，誰知她卻人前一套，背後一套，對著她這個表姊又是藏著、又是掩著。

倘若楊婉兒再做出了什麼見不得人的事，累及了穆家的名聲，那她怎對得起相公！

就在她尋思著要不要找個機會，當面和楊婉兒把話挑明了時，一日，「美人妝」分行專門負責採購的老趙偷偷地找到了槿嬧。

老趙站在槿嬧面前，猶豫了一會兒，方對槿嬧說道，他懷疑蘇運和做假帳，因為那天他無意間瞥見了蘇運和所做的帳簿，發現一些款目與他所知道的真實情況有所出入。

槿嬧聽到老趙這般說，登時心一涼。

雖然蘇運和跟楊婉兒之間不清不楚的，但槿嫿一直以來還是很相信蘇運和的，蘇運和確實是「美人妝」的功臣。

可她也深知老趙的性情，若不是真有這事，又有幾分肯定，老趙斷不會特意到她跟前和她說這個。

難不成蘇運和也背叛了自己？

槿嫿越想心越沈重，心窩處就像擱了一塊石頭一般難受，又不得不接受眼前的事實。

她叮囑老趙先不要打草驚蛇，接下來，不管採購的數目是大是小，都登記成冊，偷偷送到她這兒。

到時她再比對蘇運和送來的帳簿數目，有沒有假，自是明明白白。

「少奶奶放心，我一定會把這事辦妥的。」老趙點頭應著。

「這事，除了你我，趙先生切不可讓第三人知道。」槿嫿又補充了一句。

「是。」老趙認真地應著，便離開了穆府。

槿嫿看著他離開的背影，只盼著這一切不過是誤會。

有了槿嫿的吩咐，老趙便把登記每一回採購數目的事當成頭一件大事來做。

他行動謹慎小心，打算彙整了這一季度的採購明細後，再把總冊交給槿嫿。如此，證據才算充足，才能讓蘇運和無話可說。

但萬萬沒想到，老趙的行動不過兩個月，就被奸猾的蘇運和看出了端倪。

蘇運和起初只是隱約覺得老趙似乎在暗地裡調查些什麼，這事還是衝著他來的，但他那時還不清楚老趙具體在做些什麼。

直至有一回，蘇運和尋了個機會，潛入了老趙的房間，在老趙的屋子翻出了採購明細冊子，才知老趙是想揭他的底，而老趙敢這麼做，定是得了槿嫿的授意。

槿嫿居然這麼快就對他起了疑。

如今這情況，他若把冊子毀了，把老趙解決了，只會加深槿嫿對他的懷疑。

可他若什麼都不做，他所做的事遲早會敗露，到時，他再也不是「美人妝」分行的掌櫃。

不，他挪用了那麼多錢，別說「美人妝」，就是這座城，他也沒法再待下去。

事情一旦被揭發，他只有下大獄的分，就算他出了獄，也是聲名盡毀，再有才能，也沒有哪個店敢再雇他。

蘇運和不想蹲大牢，也不想餘生都在別人異樣的目光裡和嘲諷聲中度過，細想了一番後，他決意在槿嫿還沒有動手前，先逃之夭夭。

反正他父母早亡，這個地方也沒什麼值得他眷戀的。帶著錢遠走高飛，隱姓埋名，過幾年，風聲一退，誰知道他曾經做過什麼？他照樣可以逍遙快活。

蘇運和仍一邊在槿嫿和老趙面前裝出渾然不覺的樣子，一邊又抓緊時間，利用職務之便，悄悄地盜取「美人妝」分行總櫃的錢款。

這事，除他之外，只有楊婉兒知曉。

他想讓楊婉兒和他一塊兒逃，便把什麼都跟楊婉兒說了。

楊婉兒得知蘇運和的打算後，眼睛瞪得老圓，半晌，忽冷笑道：「這些事都是你做的，與我何干？」

「妳這麼說，是不想走了？」蘇運和生氣地問。事到臨頭，楊婉兒居然只顧著自己，還想和他撇清關係。

楊婉兒如今在穆府舒舒服服地做著尊貴的「表小姐」，自然不想走，不想和蘇運和去過那種逃亡的生活。

做假帳的是蘇運和，挪用「美人妝」利潤資金的也是蘇運和，只要她死咬著此事與她無關，誰敢把罪名扣到她頭上？

蘇運和一下子看出了她的心思，逼視著楊婉兒道：「妳別忘了，當初可是妳教唆我在帳簿上動手腳的！」

「呵！我教唆，證據呢？證據在哪兒？」楊婉兒猖狂地笑道。

她跟蘇運和的事，除了他們，誰也不知道詳情內幕。

蘇運和見她笑，也跟著笑。

楊婉兒怒道：「你笑什麼？」

「我笑妳太蠢。」蘇運和捏起她的臉道：「我在來的路上，路過李記，李記的掌櫃無意間和我說起了一件事，妳猜是什麼？」

「什麼？」

蘇運和陰森的眼神，讓楊婉兒有了不好的預感。

「幾個月前，妳那槿嫿表姊就派了丫鬟到李記打聽點翠南珠耳墜的事，妳以為妳是狐狸，但跟妳表姊比起來，妳的段數差遠了，她早就知道妳人前是人，背後是鬼，是個做作、不守婦道的女人。」

「這……不可能……」楊婉兒叫道。

她幾乎日日都看見槿嫿，從沒察覺槿嫿對她跟以前有什麼不同。

「妳不信，那妳去李記問呀！」蘇運和提醒道：「她知道妳和我之間的關係。妳以為我走了，妳就能置身事外，高枕無憂？不可能，她這麼長時間沒有戳穿妳，反讓老趙暗地裡搜集證據，就是想將妳我一網打盡。」

蘇運和見楊婉兒面露懼色，抓起她的手道：「我若捲款逃了，她定不會放過妳。我願意將這一切告訴妳，是因為我的心裡有妳，把妳當成我的女人，不然我大可拿了錢走人，把所有黑鍋甩到妳身上。」

楊婉兒心煩意亂，被蘇運和說得一愣一愣的。

槿嫿在她不知情的情況下叫小竹到李記去打聽耳墜的事，又讓老趙暗地裡搜集蘇運和做假帳的證據。這些都是她已知的，那在她不知道的地方，槿嫿又調查到了多少事？抓到了她多少把柄？

作賊的都心虛，楊婉兒越想越不安，只剩下被蘇運和牽著鼻子走的分。

蘇運和又按住了她的雙肩，繼續給她灌迷魂湯道：「妳的身子早就不乾不淨了，除了我以外，不會有哪個正經男人會娶妳。若我成了犯人，妳就是犯人的淫婦，他們會把妳拉到江邊浸豬籠的。

「如今我手上有得是錢，妳跟了我，我會一輩子對妳好，讓妳吃香喝辣、穿金戴銀的。我話都說到了這分上，妳若還不識抬舉，動了別的鬼心思，別怪我翻臉不認人。」

「好，我跟你走。」楊婉兒咬了咬牙道。

這麼一番話說下來，她就是不想跟他走，也得跟他走了。

蘇運和見楊婉兒被自己說動了，滿意地笑了起來。

楊婉兒目光一閃，忽抓住了蘇運和的手，用力地往他手背上咬去。

「啊！」蘇運和吃痛，推開了瘋狗一般的楊婉兒，捂住血淋淋的手背道：「妳瘋了！」

「我是要你永遠都別忘記今天說的話，你以後若敢對我不好，我便將你身上的肉一口一口地咬下來。」楊婉兒輕輕地抹了下沾滿鮮血的嘴唇，陰笑著道。

籌謀得當後，蘇運和跟楊婉兒找了個月黑風高的黑夜私奔了。

第二日，日上三竿，蘇運和沒到分行去，分行的夥計覺得蹊蹺，前來稟報槿嫿，槿嫿才知道蘇運和不見了。

她心裡一動，叫人去喚楊婉兒，結果過了好長一段時間，丫鬟回來對她道：「表小姐不在屋裡，也不在府中。」

蘇運和不見了，楊婉兒也不見了，哪有這麼巧的事？

槿嫿親自到楊婉兒屋裡想尋些蛛絲馬跡，結果發現不僅是楊婉兒失蹤了，她屋裡貴重的衣服和首飾也不見了蹤影。

槿嫿心裡已有些了然，趕緊帶了分行錢櫃的鑰匙往「美人妝」去。

當她來到店裡，打開錢櫃的那一刻，她的心是徹底寒了。

裡面空空如也，蘇運和監守自盜，把分行錢櫃裡的錢都偷走了。

他若只是做假帳，悄悄挪用公款，槿嬙不一定恨他，可他萬不該偷走錢櫃的錢，還帶著楊婉兒私奔。

槿嬙氣得一陣眩暈，差點整個人站立不穩，暈倒過去，小竹和小菊見槿嬙扶著額，搖搖欲墜，忙扶她坐下。

此時，老趙來了。

他進了門，瞥見了已被洗劫一空的錢櫃，痛心疾首地狠拽住手中的冊子道：「都是我的錯，若我早些發現蘇賊的狼子野心，就不會發生今日的事了。」

槿嬙扶著額，安慰道：「趙先生不必自責，是我失察，引狼入室。」

她把蘇運和當「賢臣良將」，誰知蘇運和卻是個「賣國賊」！若蘇運和不盜走錢櫃的錢，只是在帳上動手腳，她還可看在往昔的情分上對他從輕發落。可如今，他做到了這種地步，她也不必再跟他講什麼情面了。

第二十章

槿嫿派人到衙門正式報案，同時也派家丁去追查楊婉兒跟蘇運和兩人。

經過細查，楊婉兒離開穆府時，不僅拿走了她屋裡的首飾、衣服，還在前一天，把姚氏屋裡的金飾也順走了。

日防夜防，家賊難防。無論是蘇運和還是楊婉兒，都是槿嫿曾真心以待、真心信任的人，如今竟出了這種事，槿嫿氣憤傷心，固有丟了錢的原因，但錢損失了，再賺回來便是。最主要的是這兩人的行為太讓她噁心，甚至讓她懷疑起了人性，不知道自己以後還怎麼去相信別人。

因蘇運和所盜走的金額過於巨大，縣官不敢輕慢，把來龍去脈調查清楚後，即刻下了通緝令，全城通緝蘇運和跟楊婉兒。

「美人妝」分行出了這等大事，又沒了掌櫃，生意自然大受影響，槿嫿不得不加緊做好善後工作。

她把老趙提撥了上去，讓他暫代「美人妝」分行掌櫃一職，至於蘇運和留下的爛攤子，她也逐件妥善進行處理。所幸的是，被盜走的錢雖多，但以穆家眼下的財力，並非補不了這個空缺。

驟然出了這樣的事，槿嫿每日勞心勞力，又因受了這般重大的打擊，雖有趙掌櫃、宋承先等人幫忙，幾日下來，整個人還是瘦了好大一圈。

城裡的人知道穆家和商行都出了變故，少不得要把這事當成茶餘飯後的談資。這其中有同情的，有不平的，也有看笑話的。

楊家的老冤家徐二娘得知了這事後，出門但凡碰上個熟人都要跟別人說：「我早告訴過穆少奶奶了，她舅舅一家都是餵不熟的白眼狼。楊婉兒那蹄子更不是個東西，結果，穆少奶奶就是不聽我的勸，你看怎麼著……」

聽到徐二娘這麼說，眾人要不連連搖頭，要不覺得槿嫿不聽好人言，命中該有此一劫。

作為當事人，槿嫿心裡自是更難受。

姚氏見槿嫿出了事後總是悶悶不樂，勸解她道：「這些，妳也別放在心上，為了那不值得的人和事氣壞了身子，更划不來。」

「娘不怪我嗎？」槿嫿羞愧地問。

如果不是她收留楊婉兒，穆家也不至於既損失了財物，又失了名聲。

「人心隔肚皮，妳又不是神仙，哪能一眼看穿他們揣著的是什麼心？」

「是我太大意了，相公離家前提醒我要小心的，當時我也沒當回事。」槿嫿道。

回想起來，穆子訓當真是極有先見之明的。

「吃一塹，長一智。婆婆活到這麼大歲數，見過許多壞人，也見過許多好人，這世上到底是好人多一些。妳也不須從此後便心灰意冷，善惡到頭終有報，他們就算逃了，抓不回來了，也自有老天爺收拾他們。」姚氏道。

「我明白了。」

槿嫿嘴上這麼說，心裡到底有些看不開。

她還年輕，又不是什麼聖人，尚做不到「不以物喜，不以己悲」，只是婆婆親自來勸慰她了，她也不好每日再長吁短嘆。

不日後，蘇運和跟楊婉兒落網的消息還沒傳來，京城那邊卻來了喜訊，這喜訊，猶如雨後陽光，一掃穆家近日的陰霾。

經歷了兩次會試落榜後，穆子訓在今年的恩科中高中了進士。

皇上聽聞穆家在當地修橋鋪路，又開慈濟院教養孤兒，頗是欣賞，恰逢安縣的縣丞將在這年八月告老還鄉，聖上便授穆子訓補了縣丞這個空缺。

安縣離家鄉近，正合穆子訓的心意，也合槿嫿的心意。

穆子訓高中，並得聖上親自授官的喜訊傳到穆家後，穆家上下一片歡天喜地。

「禍兮福所倚，福兮禍所伏」，穆家剛出了盜賊，穆子訓緊接著就高中了，人生的境遇太過神奇，對比起穆子訓高中授官的「喜」，財物被盜的「悲」忽而不值一提了。

槿嬗這時也不唉聲嘆氣了——她的相公真正出息了，當了父母官，她高興還來不及，哪還有心情去想有關蘇運和跟楊婉兒那兩個賊人的破事。

穆子訓得了授令文書後，急於回鄉和家人團聚，便與張學謹等人告別，帶著書僮和兩名護衛離開了京城。

齊盛發了誓要衣錦還鄉，可連著正科和恩科皆榜上無名，便滯留在了京中，打算三年後再入貢院。

臨行前，穆子訓怕他一人在外，約束不了自己，重蹈了往昔的覆轍，免不了多叮囑幾句。

齊盛向他作揖道：「穆兄的話我放在心裡了，放心吧！齊盛已不是當年的齊盛了。」

「好，那哥哥就預祝賢弟三年後榜上有名。」穆子訓欣慰地道。

齊盛備酒設宴給他餞行，又寫了家書託他送到齊府給他爹娘。

離開京城，穆子訓一行人在路上走了大半個月，一直平安無事。

這一日，他帶著阿福和兩名護衛騎馬行至一個樹林，臨近餔時，四人下馬在樹蔭下稍作休息。

穆子訓正閉著眼養神，一個女人的呼救聲忽從不遠處傳來。

「救命，搶劫啦……」

穆子訓聽那聲音有些耳熟，只是一時間想不起是在哪兒聽到過。

兩名護衛見狀，十分盡職地先把穆子訓護在身後。

穆子訓聽那女子的呼救聲很是驚慌，動了惻隱之心，便讓兩名護衛前去出手相救。

護衛離開後，阿福似是想起了什麼，對穆子訓道：「少爺，你聽剛剛那聲音是不是和表小姐的很像？」

穆子訓這才想起——沒錯，難怪他覺得耳熟，原來那呼救聲和楊婉兒的聲音極像。

只是，楊婉兒眼下不是應該在穆府嗎？怎麼會出現在這異鄉，還被強盜搶劫？不過天底下既有長得相似的人，聲音相似想是也不足為奇，那被搶劫的女子不一定就是楊婉兒。

穆子訓這般想著，沒多久，聽到前方安靜了下來，想是護衛已把強盜打退了。

他帶著阿福往前走去，遠遠便見一男一女在那兒與護衛作揖道歉。

護衛擺了擺手道：「是我家老爺叫我倆救你的。」

那一男一女聽了護衛的話，往穆子訓走來的方向望去，待看清護衛口中的老爺是誰時，那一男一女驚得眼珠子都快掉下來。

穆子訓瞧見他們，亦嚇了一大跳。

剛才那呼救的女人竟真是楊婉兒，更令他想不到的是，陪在楊婉兒身邊的不是別人，正是「美人妝」分行的掌櫃蘇運和。

這兩人在這樣的情況下齊齊出現在他面前，著實讓他震驚。

蘇運和跟楊婉兒亦是目瞪口呆了良久才反應過來。

「蘇掌櫃、楊表妹，你們怎麼會在這兒？」穆子訓不解道。

按理，他們倆眼下應是一人在「美人妝」分行，一人待在穆府中的。

楊婉兒和蘇運和被他這麼一問，作賊心虛，低下頭不敢回答。

半晌，還是楊婉兒反應夠快，想著既避無可避，索性一把拉著蘇運和跪了下來道：「姊夫，多謝姊夫讓兩位壯士出手相救，不然，我和運和早成刀下亡魂了。」

蘇運和會意過來，也對穆子訓道：「運和也叩謝少爺的救命之恩。」

穆子訓忙讓阿福扶起他們二人，繼續問：「這到底是怎麼一回事？」

楊婉兒在心裡快速地盤算了一會兒，抹了抹淚，向穆子訓使了個眼色，似有什麼難言之隱。
穆子訓道：「都是自己人，表妹有話不妨直說。」
楊婉兒支支吾吾地低頭道：「這事，實是讓婉兒無法開口……」
蘇運和不知楊婉兒葫蘆裡到底賣的是什麼藥，但楊婉兒既已開始作戲，他自要好好配合她，於是他也搖了搖頭，無奈地道：「婉兒，妳還是別說了，免得……」
穆子訓見狀，一下子有些急了。「是不是家裡出了什麼事？」
楊婉兒又抹了抹淚，更為難地道：「姊夫……這事……婉兒實在難以開口，但婉兒不說，又對不起姊夫的救命之恩。」
楊婉兒似是下定了很大的決心，才道：「姊姊……姊姊她……」
「妳姊姊怎麼了？」見她這樣吞吞吐吐的，穆子訓更急了。
槿嫿向來報喜不報憂，蘇運和跟楊婉兒捲款潛逃時，穆子訓還在京城參加科考，槿嫿便沒有寫信把這事告訴他。
即便她寫了，京城路途遙遠，穆子訓也得過個一、兩個月才能收到她的信。
因此此時，穆子訓對現在自己家和「美人妝」分行發生的事一無所知。
楊婉兒循著這時間推斷，再聯想穆子訓的態度，知道他還不知道她跟蘇運和做的事，才敢使計忽悠他。

楊婉兒十分無奈又傷心地道：「姊夫離家快兩年，姊姊她……姊姊她耐不住寂寞，就……」

「胡說。」楊婉兒雖然未明說，但從她的神情裡，穆子訓也知道她想說些什麼。

楊婉兒立即跪下道：「婉兒知道姊夫對姊姊情深，接受不了這事，若不是姊夫一再逼問，這些話，婉兒哪怕是打碎了牙，也要吞到肚子裡。」

楊婉兒這般說，直接把過錯都推到了穆子訓身上。

「我娘子不是那種人。」穆子訓道。

「婉兒也不相信，可婉兒那天親眼見到了，那個男人就那般衣衫不整地躺在姊姊和姊夫的房間裡。」楊婉兒繪聲繪影地道：「婉兒當時害怕極了，本想假裝什麼都不知道，可還是被姊姊和那個男人發現了，那個男人抓住了我，說要殺了我。姊姊不忍心，叫他把我放了。」

楊婉兒說到這兒，嚶嚶哭了起來。「我真的很害怕，如果我再留在那兒，我怕我遲早會被殺掉滅口。」

蘇運和聽到這兒，終於知道楊婉兒要捏造個什麼樣的故事，順著她的話道：「我與婉兒日久生情，早就兩心相許，婉兒她出了事後，整日惶惶不安，在我的追問下，就把這事說了出來，運和不想對不起少奶奶，可運和也怕婉兒受到傷害，所以……只能帶著婉兒遠走高飛。」

經過他們兩人這番捏造搬弄，槿嫿成了個不守婦道又心狠手辣的淫蕩女人，而他們則成了被威脅逼迫的苦命鴛鴦。

阿福聽到他們兩人說得有模有樣，一下子信了，十分氣憤地道：「少爺從不曾有分毫對不起少奶奶，少奶奶怎可以做出這樣的事！」

穆子訓凌厲地瞪了阿福一眼，阿福嚇了一跳，十分委屈地把嘴閉上了。

他不動聲色地看著哭哭啼啼的楊婉兒和愁眉苦臉的蘇運和，良久，才沈聲道：「你們既在這兒遇上了我，便是天意。如今我正要還鄉，你們二人隨我回去，若此事當真，我自會替你們二人做主討回公道，也省得你們繼續過這種擔驚受怕的逃亡日子。」

楊婉兒和蘇運和聽到穆子訓這麼說，不知道他是信了，還是不信。但好在，他沒有追問，也沒讓護衛搜他們的身。

楊婉兒又向蘇運和使了個眼色，蘇運和趕緊道：「如此，運和和婉兒先謝過少爺。」

「婉兒謝謝姊夫。」楊婉兒亦道。

眼下，他們是溜不掉了，但只要穩住了穆子訓，路途迢迢的，還怕尋不到逃跑的機會嗎？

他們這算盤打得好，卻不知穆子訓邀他們一同還鄉，也是為了先穩住他們。他和槿嬧多年夫妻，槿嬧是什麼樣的人，他再清楚不過，任憑楊婉兒和蘇運和巧言如簧，穆子訓都不會信他們半分。

只是事發突然，他一時之間也不知道楊婉兒和蘇運和為何會出現在這兒，他們兩人之間又有何陰謀，他怕他追問，或者表現出對他們兩人的懷疑，會讓他們兩人狗急了跳牆。

便以要帶他們回鄉，討回公道為由，先將他們兩人留下了。

楊婉兒和蘇運和加入了穆子訓還鄉的隊伍，一路上，穆子訓待他們倒客氣，但他的客氣和冷靜讓楊婉兒、蘇運和心裡愈發不安。

到了這日黃昏時分，一行人又尋了家客棧落腳，趁著收拾房間的空檔，楊婉兒把蘇運和拉到了一個角落道：「我看穆子訓是想陰我們一把。」

「不管他如何想，我們得找個機會逃跑才是要緊。」蘇運和道。

要是再這樣走下去，離家鄉越近，他倆做的事，愈有可能被穆子訓察覺，說不定前面鎮上就有他們兩人的通緝畫像。

楊婉兒咬了咬牙道：「我看我們乾脆一不做二不休……」

「妳想……」蘇運和有些震驚地道。

他們在逃亡的路上，為求自保，向個江湖郎中重金買了瓶無色無味的毒藥水，一直都沒派上用場。

蘇運和見了楊婉兒的神情，便知道她此時此刻是下定了決心要毒死穆子訓。

穆子訓若不死，便會緊盯著他們不放，若他們無法從他眼皮底下順利逃脫，那他們之前所做的一切都會淪為泡影，他們到手的每一筆錢也將離他們而去。

蘇運和想到此，咬了咬牙道：「這事是妳動手還是我動手？」

「毒死姊夫這種事，當然是由我這個小姨子來做才更有趣。」楊婉兒陰陰笑道。

在房間裡放好行李後，穆子訓帶著隨從來到了飯堂準備吃飯。

店裡的客人不多，除了他們外，只有一對夫妻和一個孩子。

蘇運和比穆子訓幾人先到一步，坐在靠窗的桌子下，有些不安地用手指敲了敲桌子。

聽到腳步聲，他抬起頭來，見穆子訓帶著阿福和其中一名護衛坐到了他隔壁桌，狀似隨意地問道：「李護衛還沒回來嗎？」

昨日，穆子訓身邊的李護衛便不見了人影，穆子訓說是他有東西落在了上上一家客棧裡，叫李護衛回去尋。

穆子訓聽到蘇運和問起，有點擔心地道：「這時還沒回來，怕是東西難尋了。」

「哦！」蘇運和淡淡地應著，心裡卻想著，不回來才好，多一條狗盯著，他和楊婉兒便要多一分顧慮。

穆子訓瞥了眼蘇運和身旁的空位，道：「婉兒到哪兒去了？」

「姑娘家的事多，我也沒問，估計待會兒就來了。」蘇運和說著，又輕輕用指尖敲起了桌子。

如果他沒猜錯，楊婉兒此刻應在廚房，給穆子訓幾人即將要吃的飯菜下藥。而他，提前到這兒，是為了監視他們幾人。

這段時日，他們吃飯向來是穆子訓和他的三位隨從坐一桌，他和楊婉兒坐一桌。若不如此，這下藥的事還沒那麼容易。

沒一會兒，店小二端了飯菜上來。

雖然蘇運和來得早，但穆子訓他們點菜點得早，因此店小二便先給穆子訓那一桌上菜。

蘇運和見店小二都開始上菜，料楊婉兒已下藥成功，心登時提到了嗓子眼，緊張地盯著穆子訓那邊看。

只見年輕的店小二邊上菜，邊唱道：「八寶豆腐、紅燒鯽魚、五花紅燒肉、清炒白菜、鮮鴨湯，客官們請慢用。」

「你這夥計倒是伶俐。」阿福笑道。

「俺新來的，不伶俐些，怕被老闆罵呀！」

店小二說著，端著托盤下去後，穆子訓幾人便開始吃飯。

穆子訓拿起了筷子，似感覺到了蘇運和奇怪的目光，看向他道：「蘇先生要一起用餐嗎？」

「不，我們的菜也快上了，我還要等婉兒呢！」蘇運和掩飾著道。

他不明白，楊婉兒應該已經得手了，怎還見不到人影，難不成是跑了不成！

不，不可能，她剛才是空手離開房間的，她才捨不得那些銀票。

蘇運和又把注意力集中到了穆子訓幾人身上，等著他們中毒。

他用眼睛的餘光瞥見穆子訓挾了一口白飯，吃進了嘴裡。

這時，店小二端菜走到了他身邊，和之前一樣邊上菜邊唱道：「香烤魚脯、京醬肉絲、燴群菇、鴿子清湯，客官請慢用。」

蘇運和無意識地拿起了湯勺，邊往碗裡舀湯，邊往穆子訓那邊看去。

江湖郎中賣藥給他們時，說那毒藥入口封喉，劇毒無比，可穆子訓幾個吃了菜又吃了飯，怎還沒中毒？難不成那江湖郎中是個騙子？

穆子訓端過了阿福給他盛的湯，正要喝，又察覺蘇運和在瞧他，瞧得他整個人都有些發毛。

他出其不意地扭過了頭，正對上了蘇運和慌張的眼神。

蘇運和被他一望，心裡發虛，下意識地低頭喝湯，以掩飾自己的不安。

就在這時，楊婉兒才出現。

她適才下藥時心底忽然害怕起來，手抖了下，導致手指上沾到了一滴毒藥，離開廚房後，她便到後院打水洗手。

那江湖郎中說這藥劇毒得很，楊婉兒怕自己誤食，把手洗了一遍又一遍，這才耽誤了些時間。

她進了飯堂，見穆子訓開始拿起勺子喝湯，無事人一般走到了蘇運和身旁坐下。

她把毒水全下在了穆子訓點的鮮鴨湯裡。

據她這幾日的觀察，穆子訓喜歡邊吃飯邊喝湯，而阿福喜歡飯後喝湯，那兩個護衛則是很少喝湯。反正不管怎樣，第一個喝湯的一定是穆子訓，只要他死了，其餘人如何，她沒那麼在乎。

到時把黑鍋甩給店家和廚子或者店小二就好，就算甩不掉，她也可以跟蘇運和趁亂逃走。

他們已經被官府通緝了，再多通緝一回，她也不怕。

楊婉兒正想給蘇運和使眼色，告訴他馬上就有好戲看了，一轉頭卻見蘇運和忽像被人扼住了喉嚨一般，雙目圓睜，臉都成了豬肝色。

楊婉兒嚇得心突突猛跳，下意識地往桌上的菜望去，目光定格在蘇運和面前的湯上。

鮮鴨湯！這道被她下了藥的鮮鴨湯不是穆子訓叫的嗎？怎麼會出現在她和蘇運和的飯桌上？

此時，阿福因穆子訓說湯的味道不對，大喊了起來。「小二，我們爺要的是鴨湯，怎麼上了鴿子湯？」

楊婉兒聽到阿福這聲喚，瞬間明白了過來。

天殺的店小二，居然分不清鴨和鴿子，她跟蘇運和這會兒全完了！

楊婉兒驚恐地看向蘇運和，那郎中果然沒有欺騙他們，這藥劇毒無比，見血封喉，蘇運和連聲痛都還來不及喊，就吐血身亡，倒在桌上了。

「啊……運和，運和……」楊婉兒驚恐地叫了出來。

她這叫聲，頓時把所有人的目光都聚焦在蘇運和身上。

「蘇先生怎麼了？」穆子訓離得近，趕緊起身去察看蘇運和的情況。

蘇運和的身子還是熱的，只是吐得滿嘴都是黑血，已摸不到脈搏了。明眼人一瞅就知道，蘇運和是被毒死了。

「運和……姊夫……運和怎麼了？」楊婉兒撕心裂肺地抱住蘇運和的身子大哭，叫人看了忍不住替這對苦命鴛鴦難過。

「蘇先生死了，看樣子是中毒死的。」穆子訓冷靜地轉頭吩咐陳護衛。「趕緊找人報官。」

楊婉兒聽到報官，眼睛一轉，痛呼道：「不！不可能，運和適才還好好的，他不過就喝了一口湯，怎麼可能突然死了？」

她用一句話把眾人的注意力都聚焦在了湯上。

湯水有問題，大家自然聯想到做湯的廚子和送湯的店小二。

那店小二因為阿福說湯送錯了，來到了大堂，見出了人命，大家此時都看向他，急忙擺手道：「不……不是我，我只是負責端湯送菜的。」

「一定是你！是你殺了運和，我要你一命還一命！」楊婉兒放開蘇運和，瘋了一般撲向店小二。

「婉兒，事情還沒弄清楚，妳冷靜點。」穆子訓道。

楊婉兒卻是一點也不聽勸，先是扯住了店小二要咬他，被店小二掙脫開後，又抓起了桌上的碗要砸他。

店小二見狀，這還得了，只能東躲西藏，飯堂因為楊婉兒這麼一鬧，更加混亂。

穆子訓趕緊對阿福道：「還不快把表小姐送回屋裡去。」

「我不回去，我要給運和報仇，我要殺了……殺了……給運和報仇。」

楊婉兒神情癲狂，說話語無倫次，極像受了重大刺激後發瘋的模樣。阿福費了好大的勁，才把哭哭嚷嚷的楊婉兒送回屋子。

他把門拴上了，好心勸道：「表小姐，妳先冷靜冷靜，少爺一定會找出凶手，還蘇掌櫃一個公道的。」

「不……我要出去……我要報仇！」裡邊傳來了楊婉兒歇斯底里的嘶吼。

阿福皺了皺眉，想他還得回去幫少爺，趕緊離開了。

楊婉兒聽到腳步聲遠了，立馬停止了哭泣，臉上露出一絲得逞的怪笑。

楊婉兒被阿福帶走後，穆子訓便把驚魂未定的店小二、廚子、掌櫃三人都叫到了跟前問話。

「我們老爺是新科進士，皇上欽點的安縣縣丞，不管我們老爺問什麼，你們都要老實回答。」陳護衛道。

掌櫃、店小二、廚子三人連忙叩首。「是，小民遵命。」

穆子訓看向廚子道：「這些菜是你做的？」

「回老爺，都是小民做的。」廚子看了眼桌面，委屈道：「可小的沒下毒，小的在這家店做了十來年廚子，從來沒出過差錯，不信老爺您問問掌櫃的。」

「是，張大廚一直都在小人的店裡給客人做菜，從來都是安分的。」掌櫃也連忙點頭道：「小人開店十餘年，也是十分安分，小人絕不會讓人往客人的飲食裡下毒，老爺明察呀！」

「小人也不會，小人才剛找到了這份活，還等著賺些銅板好給我老娘看病，小人就算是活膩了，也要顧著老娘，怎敢做這不要命的事。」那店小二也可憐地說道。

穆子訓仔細地看了看那碗毒死了蘇運和的湯，忽想起了什麼，扭頭對店小二道：「蘇先生點的是什麼湯？」

店小二想了想道：「蘇先生點的是鴿子清湯。」

「那你看看，你送上來的是鴿子清湯嗎？」

店小二聽到穆子訓這麼問，從地上站了起來，往蘇運和桌上瞅了瞅，又掃了眼穆子訓桌子上的湯，跪地叫道：「老爺饒命，小的一時眼花，把老爺要的鮮鴨湯，送到了蘇先生桌上，蘇先生要的鴿子清湯，送到了老爺桌上，小的不是故意的，小的只是瞅著都有翅膀的。」

「你這憨貨，鴿子跟鴨子老是分不清！」那掌櫃的聽了店小二的話，生氣地一掌拍在店小二頭上。

穆子訓心裡一驚，這時明白了，那下毒之人真正要害的不是蘇運和，而是他！若非店小二把湯送錯了，此刻喝下鮮鴨湯的就是他，死的也是他。

可是，到底是誰想毒殺他呢？

穆子訓細思此事，店裡人手不多，店小二上菜前，除了廚子，只有楊婉兒不在大堂。若廚子沒有下毒，那最有可能下毒的便是楊婉兒！

穆子訓想到這兒，突地起身往客房方向跑去。

阿福和陳護衛不明所以，也緊跟了上去。

此時，夜幕已完全拉下，穆子訓找到了楊婉兒的客房，發現裡邊黑燈瞎火，先是敲了幾下門，見沒有任何反應，客房門還被反鎖了，便立即示意陳護衛把門撞開。

陳護衛憋了一口氣，「砰」的一聲用身子把門撞開，只見裡邊已經空空如也，一個人也沒有。

楊婉兒不見了蹤影，當地官府的官差又還沒到，穆子訓只得帶著阿福和陳護衛回到大堂。

那掌櫃、廚子和店小二還跪在地上，穆子訓看著廚子問：「張廚子，今天你在後廚可有見到什麼可疑的人？」

「沒有。」廚子搖了搖頭。

「你再仔細想想。」穆子訓道。

廚子難為地低頭道：「回老爺，小的只顧著燒菜，沒有注意周遭如何，而且……而且小的還上了趟茅房，小解了一會兒，並不是一直待在廚房裡。」

「哦！」店小二似是想起了什麼，對穆子訓道：「小的記起來了，張大廚出去上茅房時，小的剛好去了趟後廚，準備給客官們端菜，那時，小的……小的似是見到了一個人影，對，沒錯，一個女人的身影。」

店小二說到這兒，抬眼望了下穆子訓，怯怯地道：「那女人的身形就像剛才……剛才發了瘋想殺我的姑娘。」

穆子訓聽到他這麼說，更加確定那藥是楊婉兒下的。

楊婉兒想下藥毒死他，卻因店小二送錯了湯，陰差陽錯害死了自己的相好蘇運和。

她現在逃之夭夭，定是怕事情敗露，要擔負下毒殺人的罪責。剛才的裝瘋賣傻，不過是想轉移大家的注意力，好尋個獨處逃走的機會。

她故意把門反鎖拖延時間，而他進門時，楊婉兒房間裡南邊的窗子是敞開的，證明她是跳窗逃走的。

可她為什麼要毒殺他呢？而且蘇運和今晚的表現十分反常，定也是事先就知曉了這個計劃。

穆子訓正百思不得其解，李護衛回來了。

李護衛並非是回去給他取東西，而是被穆子訓派到前方的城鎮打探消息的。前方城鎮離家鄉比較近，有穆家新開的商行，穆子訓想著楊婉兒跟蘇運和離開，不管是對穆家還是穆家商行而言，都不是小事，因此找了個由頭，讓李護衛暗地前去打探消息，是為了早日確定事情真相，好找到應付蘇運和和楊婉兒的法子。

沒承想李護衛回來得比他預期的早，更沒承想他回來時，蘇運和竟已喪命。

「老爺。」李護衛站在他面前，恭敬地行了一禮。

「辛苦了，可有消息？」穆子訓看著臉上微有些倦色的李護衛，十分期待地問。

「是，都查清楚了。」李護衛從懷裡掏出了一張紙。「真相就在這張紙上。」

穆子訓迫不及待地接過，打開，發現李護衛遞給他的是一張通緝令。

通緝令上畫的不是別人，正是蘇運和及楊婉兒，而他們被通緝的原因是偷盜。

穆子訓一下子全明白了，怪不得楊婉兒和蘇運和想毒死他，原來是怪他壞了他們的事，又怕被他知道了真相會逃脫不得，所以乾脆先下手為強。

好一對陰險歹毒的賊人，如果不是店小二送錯了湯，那他們的計謀就得逞了。

如今他們作繭自縛，倒真是老天長眼。

穆子訓明白了緣由，不由得又擔心起了槿嫿。槿嫿信任蘇運和，又把楊婉兒當親妹妹看待，而今卻遭到了他們的雙雙背叛，不知道有多失望難過。

他怎麼能讓槿嫿獨自面對這番變故？他等不及想要回家見見她，可眼前的事尚待解決，蘇運和的屍首還在客棧內，楊婉兒也不見了蹤影。

「我親自去本地衙門一趟，陳護衛、阿福、掌櫃，你們三人好好守著蘇運和的屍體，在場的所有一切都不許妄動，相關人等沒有允許也不可踏出客棧一步。」穆子訓道。

「是，屬下明白。」

「是，小人明白。」

陳護衛、阿福和掌櫃齊齊道。

穆子訓又看向了店小二道：「你也算救了本官一命，本官自會好好報答你。」

「謝老爺。」店小二聽到穆子訓沒有懲罰他，反而說要報答他，喜出望外，連連磕頭道謝。

「先別急著道謝，隨本官到衙門去，把你所做所見的一切，一五一十地稟報給當地縣令。」穆子訓道。

「是，小人一定實話實說。」店小二又磕了一個頭。

穆子訓便帶著李護衛和店小二親自趕往當地縣衙去了。

如今的情況，只有他親自出馬，事情才能盡快解決，他才能儘早回到槿嫿身邊。

拂曉，點點星子在淡藍的天幕上若隱若現。

楊婉兒揹著包裹，手腳並用地往一座山攀去。

穆子訓親自到縣衙報了案後，衙裡連夜派出了官差四處拘捕她。

她本就人生地不熟，蘇運和又死了，只能無頭蒼蠅一般四處躲藏。

在官差的追捕下，她躲到了這座山裡。

太陽還未升起，空氣裡瀰漫著一股日出前特有的清冷水氣。她右腳的鞋在逃跑的過程中丟失了，裙子也被一路的荊棘撕得破破爛爛。

回頭一看，不遠處有火把起伏——官差居然這麼快又追上來了。

楊婉兒把背上的包裹解下抱在懷裡，裡邊放著一萬多兩銀票。蘇運和一死，這些錢便完完全全屬於她的了。現在她有的是錢，只要能逃過這一劫，那她以後就有好日子可以過了。

想到這，她又激動、又興奮，顧不得腳上已是鮮血淋漓，拚命地往前跑。

「別跑，站住。」官差已經看到了她，厲聲喝道。

官差叫得越急，楊婉兒跑得越是起勁，一條樹藤纏絡地面而過，楊婉兒一沒注意，整個人被樹藤絆倒，下巴都磕出了血，但她很快又站了起來。

「站住！」官差又嚷了起來。

楊婉兒死死抱住懷裡的銀票，抬起頭時，一輪紅日正從兩山間躍出，日初光暈映在她的雙瞳中，在她晦暗的臉上留下了一抹瑰麗的淡光。

在黑暗中逃亡了一夜，此時此刻，她對光和熱極其敏感，初升的太陽給了她莫大的希望，也給了她莫大的勇氣。

她飛快地往前跑去，感覺自己就像脫籠而出的鳥，只要甩開了後面那群虎視眈眈的狼，很快地，她便可以海闊天空任意遨遊，她的前途亦如朝陽一般無限光明。

但沒過多久，她臉上的笑就僵住了，腳下的步子也停住了。

一片深不見底的山谷出現在她的面前，陽光不及，山谷的深處便似煉獄般黑暗陰森。

她轉過頭想要往回走，卻清楚地瞧見了官差手裡晃得愈來愈近的火把。

不……不行……她在心裡吶喊。一旦被抓回去，她只有死路一條，可是，再往前一步，也是死路一條。

恍惚之間，她忽見兩個人影從黝黑的谷中浮現了出來。

是她的奶奶陳氏和她的哥哥楊大壯。

起初，他們兩人還對她笑，可轉瞬間，他們的笑就消失了。陳氏頭上滿是血，幾行血紅從她的額上一直滴落到嘴角。楊大壯的胸口插著一把菜刀，傷口處的血已凝固成為黑色。

「啊……」楊婉兒驚恐地叫了出來，電光石火間，腦海裡閃現出了幾幕她一直想要忘記的畫面。

鄉下，傍晚，她在屋裡切菜，楊大壯過來和她說話，他們兩人起了口角，一怒之下，她揮起菜刀砍中了楊大壯，楊大壯倒在血泊中，奶奶聽到聲音跑了進來，嚇得差點暈厥，跌跌撞撞地跑出去想要喊人，她害怕極了，攔住了她奶奶，在拉扯中，奶奶跌在門檻處，撞死了過去。天黑了，趁沒人注意，她把楊大壯的屍體拖到屋後山，從懸崖處推下去。

她記起來了，那時的懸崖從高處往下看，就同如今的山谷一樣深、一樣黑。

「沒路可逃了吧！」官差得意的聲音自她耳旁傳來，打斷了她的回想。

她瞪眼往谷底看去，楊大壯和陳氏正朝她揮手。

「趕緊抓住她。」一名官差見楊婉兒已無路可退，傻站在崖邊發愣，對另一名官差道。

那名官差會意地從腰間解下了繩子，正想套住楊婉兒，忽聽到了一聲淒厲而絕望的悲呼，他還來不及反應，便見楊婉兒抱著包裹如一顆石子一般往谷底投去。

旭日東升，一群黑鳥自谷底飛出，楊婉兒已然消失了。

尾聲

穆府門口，紅毯鋪地，鞭炮齊鳴。

城裡有頭有臉的名流商賈都齊聚在擺著兩頭巨大石獅的大門前，槿嫿上著淡紫色的立領斜襟長衫，下著連理枝暗紋馬面裙，梳著端莊又不失溫婉的圓髻。姚氏則穿了一身檀色的比甲，底下配著一件紅色大袖衫。

兩人互相攙扶著，在丫鬟的簇擁下走了出來。

「恭喜穆老夫人，恭喜穆夫人。」

「穆老爺今日衣錦還鄉，真是可喜可賀。」

「穆老爺才學卓著，命世之才；穆夫人樂善好施，高風亮節，實乃吾輩楷模，鄉梓之福。」

槿嫿和姚氏剛一出現，便淹沒在眾人的賀喜聲中。

槿嫿邊點頭回應著眾人的恭喜，邊期待地往紅毯延伸處望去。

今日是穆子訓回家的日子，幾天前，她便把一切都準備好了。

穆子訓在信裡不僅交代了歸程，也交代了在路上偶遇蘇運和和楊婉兒後發生的種種事。錢雖拿不回來了，但穆子訓平安無恙，蘇運和和楊婉兒自食惡果，正應了「善有善報，惡有惡報」，槿嫿便不想再做任何追究。

「娘，抱我，抱我。」辰生從高氏手裡掙脫開來，跑到槿嫿身邊，抱住她的大腿撒嬌道。

桃桃年紀太小，槿嫿怕桃桃會被鞭炮聲和鑼鼓聲嚇到，囑咐乳娘留在屋裡好生照顧。

辰生六歲了，能跑能跳的，聽到鑼鼓、鞭炮聲只有歡喜的分，便得了到大門口來的機會。

槿嫿看了下有些不知所措的高氏，彎腰把辰生抱了起來。

他年紀小，還不太知道家裡為什麼這麼熱鬧，但見大家都來等他爹回家，直覺他爹非常厲害，小臉上滿是驕傲。

「穆老爺回來了，穆老爺回來了！」不知道是誰先喊了起來，緊接著便傳來了陣陣鑼鼓聲。

槿嫿微微踮起腳尖，果見穆子訓穿著一身紅袍，騎著一匹白馬而來。她上一回見他騎白馬、穿紅袍，還是上一世他到楊家去迎娶她時。

前世今生種種經歷，回憶起來恍如隔世。好在，這一輩子，她總算得償所願，沒有辜負了自己。

「訓兒回來了。」姚氏歡喜地叫了一聲。

槿嫿卻一句話也沒說，只是微微含笑，眼波瀲灩地望著穆子訓。

穆子訓意氣風發地騎在馬上，也隔著人海笑意暖暖地望著她。

到了門口，穆子訓下了馬，先是向姚氏行了一禮，後又喚了槿嫿一聲「娘子」。

四目相對中，似有千言萬語，但到了嘴邊，不過只一句「回來了」。

「嗯，回來了。」穆子訓應著，滿眼是掩不住的溫柔和甜蜜。

「爹！」辰生大叫了一聲，向穆子訓伸出了雙手。

「乖。」

穆子訓從槿嫿懷裡抱過了辰生，一群人便圍上來紛紛賀喜。

在眾人的慶賀和簇擁下，穆子訓抱著辰生，攜著槿嫿和姚氏一齊歡歡喜喜地往家裡走去。

身後歡天喜地的鑼鼓聲，仍不斷地響著。

番外 靈兒

松陽鎮的人愛養桃，到了春季，桃花盛開，整座鎮子便沈浸在一片爛漫的緋色中，就連空氣都帶著蜜般的甜。

七歲的張學謹喜歡在做完功課後，跑到宅子不遠處的大桃樹下撿撿掉落的花瓣，數數樹下的螞蟻，以及抬起頭來，透過錯落的花縫去看那淡藍的天。

他的父親去得早，他娘孟氏本給他生了個哥哥，可這哥哥在三歲那年卻得了痢疾去了。張家只剩下他這根獨苗，孟氏沒了丈夫後，獨自一人撐起一個偌大的家，對他這唯一的兒子更是十二分的上心。

他生來比別的男孩文靜，雖偶爾也因小孩心性，做出了些頑皮的事，但和別的孩子比，總帶著幾分克制。

孟氏寶貝他，希望他讀書出人頭地，除了讀書外，別的事都不太許他做。他每日對著書本，又受了孟氏的耳提面命，行為愈發沈穩，倒有些小大人的模樣。

住在附近的孩子見他不愛說話，整日裡讀書，偶爾開口卻又是文謅謅的樣子，便給他取了個外號叫「張老夫子」。

孩子的世界向來簡單，這世上的人，大致分為「玩得來的」和「玩不來的」，對於「玩得來的」自然喜歡，對於「玩不來的」則不免排外。而張學謹在孩子們中恰好就是那種「玩不來的」。

這一日，做完功課後，張學謹又到那大桃樹下看螞蟻。

一群不滿十歲的孩子嬉鬧著跑過來，其中一個胖臉的男孩發現了張學謹，指著他，粗聲粗氣道：「喲！好你個張老夫子，不待在學堂裡，跑來這裡看花。」

這男孩是某個大財主的兒子，小名「胖虎」，是這附近出了名的「混世魔王」。

胖虎塊頭大，拳頭硬，說話聲音響，素日裡就喜歡欺負比他小的孩子。張學謹不敢也不屑和他周旋，直起了身便要離開。

胖虎向別的孩子擠了擠眉，露出了不懷好意的一笑，待張學謹走到他身旁時，故意伸出腳。

張學謹一沒注意，絆了個「大馬趴」，不僅嘴裡吃了灰，那下巴也磕破了皮。

胖虎見狀哈哈大笑起來，其他小孩子也忍不住捧腹大笑。

張學謹又生氣、又委屈，可他根本就打不過胖虎，鼻子一酸，就要哭出來。

就在這時，一個清脆如鈴的聲音傳來。「這麼大的人了，盡欺負比你小的，羞死人了！」

張學謹和胖虎幾個聽到這說話聲，不約而同地往前望去——是一個梳著雙鬟髻，髻上綁著水綠絹帶，亦穿了一身水綠短衫的陌生小姑娘。

張學謹見她為自己出頭，十分感激，也非常佩服她的勇氣。但看年紀，這女孩比他還要小，便是身量也矮他半個頭，他不禁有些擔心，萬一她惹毛了胖虎，被胖虎揍了，那該如何是好？

想到這，他趕緊從地上爬了起來。

男子漢大丈夫，怎麼能讓小姑娘因為他而受別人的欺負，就算打不過胖虎，他也要使出吃奶的勁，保護好人家。

小姑娘見張學謹起了身，緊抿住嘴向她跑來，以為張學謹是來向她尋求保護的，一把把他拉到身後，笑著安慰道：「小哥哥，你別怕，有我在，你不用怕他。」

張學謹被她這麼一說，霎時臉紅，一時間支支吾吾的，竟不知該如何解釋才好。

胖虎氣得臉都鼓起來，握緊胖乎乎的拳頭道：「哪裡來的黃毛死丫頭，細胳膊細腿的，說話口氣這麼橫，信不信我胖虎一根手指就能摁死妳！」

那姑娘聽到胖虎罵她「死丫頭」，臉色已經不好看，又聽見胖虎說要「摁死她」，氣得小臉更是一陣紅、一陣白。

她抬起左腿，用力地往地上一跺，扯高嗓音喚道：「阿黃，給我咬他。」

話音剛落，一隻威風凜凜的大黃狗便齜牙咧嘴地自附近的一個荒草叢裡躥了出來，直往胖虎衝去。

胖虎大叫一聲「娘」，嚇得差點屁滾尿流，連跌帶爬地跑了。他帶的那幾個小嘍囉，也是嚇得不輕，「哇哇」地跟著胖虎一塊兒逃了。

小姑娘見狀，笑得花枝亂顫。

張學謹亦覺心裡出了一口惡氣，忍不住也笑了。

但他有些擔心那大黃狗真傷了胖虎幾個，謹慎地對那小姑娘道：「叫妳家的狗回來吧！要是咬到了人就不好了。」

「放心，我家阿黃從不咬人，牠是條很聰明的狗，只會幫我嚇壞人。」小姑娘驕傲地回道。

沒過多久，果見那大黃狗搖著尾巴跑了回來。牠徑直蹲坐在小姑娘身旁，兩隻眼骨碌碌的，好像在等著主人的獎勵。

小姑娘十分高興地伸出了白淨的小手，摸了摸毛茸茸的狗頭道：「阿黃，你是天底下最好的狗，我最喜歡你啦。」

大黃狗搖了搖尾，半閉著眼，十分滿意主人的誇讚。

「咦！你幹麼躲那麼遠，你怕狗嗎？」那小姑娘側過頭來，見他躲得老遠，好奇地道。

張學謹當然怕，自五歲那一年被狗追過後，他就再也不敢靠近狗。

「阿黃很乖的，你過來摸摸牠的頭，牠真不咬人。」

張學謹猶豫了許久，才慢慢地挪步過去。

小姑娘見他扭扭捏捏地，直接抓起他的手，按到了大黃狗頭上道：「我說了，牠很乖吧。」

大黃狗果然乖乖坐著不動，張學謹這才大著膽子往狗頭上撫了一撫。

「小哥哥，你長得這麼白，膽子又小，比我還像個姑娘。」小姑娘笑道。

張學謹在心裡嘟囔著我才不是小姑娘呢！臉一紅，卻是道：「我叫張學謹，妳叫什麼？」

「我叫靈兒。」小姑娘彎了彎一雙好看的桃花眼笑道：「昨日才搬到你家對門住的。」

靈兒，倒是個不錯的名字。

年復一年，又到了桃花落，桃子小，白日漸漸變長，天氣一日比一日暖和的季節。

張學謹的個頭長了，要學的字和文章也一日比一日多了。

初夏的涼風自大開的軒窗吹進，吹得案上一角的宣紙微微浮起。

屋內靜悄悄的，張學謹執起飽蘸墨汁的毫筆，正一筆一劃，一絲不苟地寫著字。不久後，一陣細碎的銀鈴聲自窗外傳來，他抬頭一看，果看見了笑眼彎彎的靈兒。

她今日穿了件淺綠色的裙子，與這初夏的景致很是相宜。

張學謹衝她一笑，還來不及喚她一句「靈兒妹妹」，靈兒忽受到了什麼驚嚇一般，折身跑開了。

他納悶得很，不禁抬手摸了摸臉，想是不是自己臉上長了什麼，嚇到了人家小姑娘，或者，他最近是不是又說錯了什麼話，惹她不高興？

那麼多小夥伴中，他只愛和靈兒一塊兒玩，要是靈兒都不理他了，那他怎麼辦？

就在他胡思亂想，連字都練不下去時，靈兒回來了。

她不僅回來了，懷裡還捧了個黃澄澄的大木瓜。

「學謹哥哥。」她快步走到他窗前，踮起腳尖，把木瓜遞到他面前道：「給你。」

原來她是回家去拿木瓜，而不是生他的氣。張學謹高興得趕緊放下手中的筆，接過了那顆略有些沈甸的木瓜。

「你好好讀書，我走了。」靈兒道。

知道他是要讀書考秀才的，靈兒從不在他練字讀書時和他聊天、找他玩。

直至那抹淺綠消失在他面前，張學謹這才想到，他還沒給靈兒說聲「謝謝」呢！

已過立冬，桃子樹都開始落葉了。

陽光尚和煦的午後，吃過飯後，張學謹又坐在了窗下開始唸書。

靈兒梳著雙鬟髻，穿著淡綠的襖子，挎了個籃子帶著阿黃從他的窗前經過。

聽到那熟悉的腳步聲，張學謹立即開了窗子，高興地喊住了她。「靈兒妹妹，過來。」

「什麼事呢！我還得送些果子到王大嬸家裡去。」靈兒嘴上雖不太願意，雙腿卻是一刻也不停地來到了他窗前。

過了半年，她又長高了些，不用踮腳也能看清窗內的情況，可她還是習慣在他窗前踮起腳尖來。

張學謹從懷裡摸出了一塊被打磨得十分瑩潤的黃玉石玉珮道：「這是送妳的。」

「送我？」

靈兒驚喜地接過，卻是不太明白張學謹為何要送玉給她。

張學謹抿嘴解釋道：「《詩經》上說：『投我以木瓜，報之以瓊琚。』妳送了我木瓜，我理應送塊瓊琚給妳。」

靈兒不太懂「瓊琚」和「玉珮」有什麼關係，但她托腮想了一會兒，卻是憶起了初夏時的事，瞪大眼道：「我送你木瓜不是半年前的事嗎？」

「是。」張學謹面有羞色地道：「因為我不太敢跟我娘要錢買玉珮，恰好我之前在山上撿到一塊成色很好的玉石，就想著自己打磨一個。」

誰知打磨玉石那麼難，他又怕被母親發現，說他玩物喪志，只敢每日做完功課後背著母親，悄悄地在暗地裡打磨。

如此這般，竟是花了整整大半年的時間，才把那塊玉石磨成了玉珮的形狀。有了形狀後，他還在那玉上鑽了個小孔，繫上了絲線，只為方便靈兒佩戴。

靈兒不曾想她不過隨手送了個木瓜，卻勞他費了這麼大的周折，一時間是又高興、又感動，趕緊把玉珮戴在脖子上，鄭重地道：「學謹哥哥，這是我收到的最好的禮物，靈兒會永遠戴著它的。」

聽到她這麼說，一時間，他只覺所有的努力都是值得的，便是再讓他花上十年的時間去為靈兒磨一塊玉珮，他也樂意。

靈兒又側了側腦袋道：「學謹哥哥，你以後有空教我唸詩吧！」

「好。」他立即應下了。

為了感謝張學謹送的玉珮，第二日，靈兒特意盛了碗蓮子湯，送到了張學謹常讀書的窗邊。

「我娘說，冬天天氣乾燥，你讀書又費腦子，最適合吃蓮子湯了。」她微笑著，慢慢地轉動手裡的小勺子，舀了滿勺子蓮子，送到了張學謹嘴邊。

張學謹乖巧地張開了口，正要吃那蓮子，幾個小屁孩從旁走過，發出了曖昧的嘻嘻笑聲。

「大家看呀！小娘子在餵她的小相公吃蓮子呢！」

不知是誰起鬨了一句，張學謹向來臉皮薄，臊得忙別過了頭，靈兒亦是生氣委屈得滿臉羞紅，著急地嘟囔了一句「我才不是他的小娘子」後，便放下甜湯跑了。

張學謹看著她獨自離開的身影，心裡忽覺空落落的。

這一年，他十歲，靈兒才九歲。

不負孟氏和私塾先生所望，初次參加童試，張學謹便位列榜首。

童試是邁入科舉考試的第一步，首試告捷，又是在不滿十三歲的年紀，松陽鎮上的每一個人提起張家小公子，誰不交口稱讚？

「張夫人，令郎是文曲星下凡，日後必是要高中狀元的。」

每個到家裡來祝賀的親朋好友，幾乎都會跟孟氏恭維幾句類似的話。孟氏想起亡夫臨終前，千叮嚀、萬囑咐要好好管教小兒，讓他將來有出人頭地的一日，如今張學謹上榜了，也算不負亡夫所託。

只是科舉之路漫漫，張學謹雖顯露出了一些天分，但畢竟年紀還小，孟氏憂心他「小時了了，大未必佳」，過了童試後，對他學業上的要求反而更嚴格起來。

鎮裡只有一間私塾，也只有一位先生。那先生姓范，十八歲開始參加院試，一直考到四十二歲才成了秀才，又參加了三回舉人考試，皆是不第，眼瞅年歲大了，這才絕了科舉的念頭，回鄉坐館教學。

范先生寒窗苦讀多年，又有秀才的身分在，論才學，自是有的，但……卻算不上一名名師。

常言道：名師才易出高徒。考秀才關乎兒子的前程，孟氏擔憂兒子繼續被這范先生教下去，恐也要過個十年、八年才能中個秀才，過了童試後，便一心想給張學謹尋個更好的老師。

這年春節過後，一名親戚從縣城裡回來，到她家小坐，提起名儒李雲淨先生在城裡設館講學。

李雲淨是實打實的舉人，曾入官府做過文書，但因看不慣官場陋習，便辭了職，在家裡辦了個學館，館名則取自「書山有路勤為徑」的前兩字。

他這書山學館並非年年開館，每次收的學生也不多，但短短幾年間，卻出了十八名秀才。這十八名秀才裡邊亦有兩位中了舉，一名成了進士的。

聽那親戚講得滔滔不絕，孟氏十分心動。考慮了一夜後，決定把家中的要事暫交給一位寡居的嬸娘打理，自己則帶著張學謹和小書僮阿來到縣城去。

張學謹得知他娘要帶他到縣城讀書，自是有幾分歡喜，但一想到他要離開家，離開他熟悉的一切，到一個陌生的地方去，心裡總覺有點不對味。

他把要到縣城去的事告訴了靈兒。

靈兒聽張學謹說他至少得過個一年半載才回來，一時間，眼裡滿是不捨。

可很快的，她又善解人意地笑了。「到縣城裡讀書是好事，靈兒相信學謹哥哥明年一定能考中秀才的。」

「嗯，等我考中了秀才，我就立即回來，我們到時又可以天天見面了。」

聽到他這麼說，靈兒更加放心了，高興道：「嗯！靈兒等學謹哥哥回來。靈兒還會天天向文昌君祈禱，讓學謹哥哥早日考上狀元，當上大官。」

靈兒的表姊不知何時出現在了一旁，聽到靈兒這麼說，趕忙出聲道：「張學謹你當了大官，可別忘了咱家靈兒，你是狀元，至少得讓靈兒做個狀元夫人不是？」

靈兒的表姊只比靈兒大幾個月，素日裡愛和一些小媳婦混在一塊兒，說起話來便常沒個顧忌。

她乍然出聲，張學謹和靈兒皆是受了一驚，繼而臉紅起來。

靈兒捏了捏手指，向張學謹做了個鬼臉。「你別聽她胡說，我先回去。」

「好。」

看著她離開的背影，張學謹忽然想起，靈兒快十三歲了。

「娉娉嫋嫋十三餘，豆蔻枝頭二月初。」鄉下的姑娘嫁得早，一般過了十三歲後，就會有媒人上門來說親。

不知不覺中，靈兒竟已快到了可以許嫁的年紀。

可他明明覺得他們還都只是小孩子。

到縣城去的事很順利，為了給他一個更好的讀書環境，孟氏還花了不少錢租下了一戶姓穆人家的宅子。

張學謹知道他娘所做的一切都是為了讓他能夠出人頭地，於是進了書山學館後，他一刻也不敢放鬆。

雖然有時，他也會覺得讀書很乏很累，可他從沒在孟氏面前流露出一絲一毫。

夜裡，他偶爾會夢到在鄉下時的事，夢裡有漫山遍野的桃花、輕柔潔白的雲朵，還有輕靈可愛的靈兒。

在上學、下學的路上，看見穿著綠衣、牽著大黃狗的小姑娘，他會忍不住在心裡想，靈兒現在在做什麼呢？

一日課間，同窗們都到外邊去玩了，他也想出去走走，卻見他的同窗好友穆子訓仍留在座位上奮筆疾書。

這穆子訓除了是他的同窗好友外，還是他租住的那間宅子的主人。

聽聞他以前是個很不像樣的紈袴，專愛走馬鬥雞。可他住進穆宅時，穆子訓已轉了性子。不久後，穆子訓也開始勤奮苦讀，張學謹喜歡愛讀書的人，因此他和這位大了他十歲的同窗便格外要好，素日裡兩人也親熱地以「哥弟」相稱。

他以為他是課業沒完成才留在學堂內，走過去一看，卻發現穆子訓正在謄抄一本《孟子譯注》。

「訓哥不是已經有這本書了嗎？」

「齊盛也想要這本書，想讓我賣給他，但哥哥捨不得，只好先抄下來。對了，這事你千萬別在你嫂子面前提起。」

「為什麼？」

在他的印象中，穆子訓和他的妻子棠氏感情篤厚，是無話不談的。

穆子訓訕訕道：「不瞞學謹老弟，之前哥哥沒用，害得你嫂嫂把自己最喜歡的一對珍珠耳墜都當了。哥哥想抄書換錢，替你嫂嫂把那耳墜贖回來。」

抄寫這整本書不是件簡單的事，如今李雲淨先生每日布置的功課又多，更是難上加難。

他不禁感慨。「訓哥真是辛苦。」

穆子訓卻搖了搖頭，嘴角還含著一絲顯而易見的幸福。「你現在還小，等你再大些，有了心愛的姑娘，便會明白，只要能替她做些事，不管多辛苦都是值得的、歡喜的。」

聽完這話，不知怎的，他忽想起了當年為了送靈兒一塊玉珮，他整整打磨了半年的事。

一種奇怪的情愫忽明忽暗地湧上了他的心頭，讓他登時覺得整顆心癢癢的，暖暖的，又怪怪的。

「你怎麼了？難不成學謹老弟已經有喜歡的姑娘了？」穆子訓道。

「沒。」他搖了搖頭，卻似撒了什麼謊一般，臉微微泛起了紅。

昔日離鄉時，張學謹不滿十四歲，是個小童生，回鄉時，張學謹十五歲，已是個小秀才。

秀才在松陽鎮算是個稀罕物。這個鎮子，人口雖不少，但幾十年來，總共也沒出過幾個秀才，因此張家小兒子考中秀才的事，短短幾日之內就傳遍了全鎮。

張學謹猶記得他回鄉那一日，一向不肯多露臉的族長都特意到道上來迎接他。未滿十五歲就能考中秀才，萬中無一。有點眼力的人都知道，張家祖墳這會兒是真真冒了青煙，張學謹定然前途無量，攀結這事，自是越早越好。

張學謹下了馬車，很快便淹沒在眾人的簇擁與恭賀聲中。這樣的熱情，讓他難以消受。

好不容易擺脫了人海，終於呼吸到了一縷比較新鮮的空氣，在不遠處的一棵桃樹下，他看見了一個熟悉又陌生的身影。

靈兒穿了一身淺綠色的衣裙，眉眼彎彎，正站在桃樹下，望著他笑。而她的身旁還蹲著一條已老得不怎麼睜得開眼的大黃狗。

一年多沒見，她竟已出落得如此亭亭玉立。

若非有許多人在場，他真想奔到她身旁，告訴她，他已經回來了，而不是像現在這樣，只能遠遠地望著她，回她一笑。

住在松陽鎮的一帶人都信王神，時值王神生辰，鎮上不僅有盛大的遊神活動，還有熱鬧的廟會。

王神廟附近建了座戲臺子，遊神活動在白日裡舉行，夜裡，戲臺開演。鄉民們白日裡拜神，晚上便看戲。

因是鎮上一年一度的大事，熱鬧情景不亞於春節。

平日裡稍顯冷清的街擠滿了各類攤肆，叫賣聲此起彼伏。若不喜戲臺上表演的地方戲，還可到街上去聽說書，看木偶戲及雜技表演。以王神廟為中心的各個街道人來人往，摩肩接踵，這熱鬧可從白天持續到半夜。

狂歡三日後，廟會結束了，一切才又恢復原貌。

張學謹雖性子比較沈穩，又中了秀才，但十五歲的年紀，究竟還有些少年天性。

孟氏發現他在廟會還沒開始前，臉上便有些神往，便也不拘著他，放他去玩了。

這一夜，「東風夜放花千樹，更吹落，星如雨」，張學謹終於又約上了靈兒一塊兒去逛廟會。

這幾年他一直忙著讀書，上一次逛廟會還是在四年前。那一次，是靈兒主動找他的。

他們在戲臺下吃了一串冰糖葫蘆，放了河燈，還看了雜耍。

張學謹到現在還記得那高瘦的漢子表演的蒙眼丟飛刀有多麼神乎其技，以至於他這回出來，其中的一個目的，就是想去看雜耍。

「靈兒妹妹，妳想吃什麼？我買給妳。」

兩人雖是並肩而行，無奈街上人多，聲音又雜又亂，他怕靈兒聽不清，這句話幾乎是扯著嗓子問的。

靈兒只覺有一股熱氣噴在了自己的左臉上，讓她霎時都覺那塊地方燙了起來。

「冰糖葫蘆。」她道。

「好。」張學謹說著，穿過人群，直往一個賣冰糖葫蘆的小販奔去。

靈兒看著他挑了兩串紅通通的冰糖葫蘆，又看著他付錢給小販，等他把兩串冰糖葫蘆遞到她手上時，她呆了好一會兒才接過。

「靈兒妹妹，我們還要不要去看雜耍？」他道，很是孩子氣。

靈兒瞧著他的模樣雖比以前成熟了不少，還長高了許多，可他說話做事的樣子似和小時候沒什麼兩樣。

他似乎也忘了，她已經十四歲了，已經過了能無所顧忌地出門的年紀。

前日她姑姑來她家時，還問她娘，她是否已有了人家。今晚，若非表姊一塊兒和她忽悠她娘，她哪能陪著他出來？

可她的這些女兒家心思，張學謹看來是不懂的。

「我不想看雜耍，我想聽說書。」她悠悠地嘆了一口氣。

「說書哪有雜耍的有意思，妳若喜歡聽故事，回頭我可以講給妳聽！」張學謹道。他依稀記得四年前那回，他說他想聽說書，還被靈兒好一頓嘲笑。

「我才不想聽你講那些什麼頭懸梁、錐刺股，映雪囊螢，鑿壁偷光的故事。」靈兒小聲嘟囔。

張學謹見她有些不高興，只好服了軟。「好，那我們去聽說書。」

說書的是個四十來歲的瞎眼藝人，不僅會說書，還彈得一手好琵琶。他素日並不會到松陽鎮來，只有每年的廟會才會來露幾天臉。

聽說書的，自沒有看雜耍的人多，但也是男女老幼皆有。張學謹和靈兒來了後，特挑了個離說書人較近的位置坐下。

一般說書人都慣愛講些七仙女董永、薛仁貴征西、三打白骨精之類的經典故事，可這說書人今晚卻另闢蹊徑，講了個極冷門的故事。

那故事是有關於唐代大詩人白居易與鄰女湘靈。

張學謹對白居易的認識僅限於所讀的璀璨詩篇中，至於這位「詩王」的生平，特別是他的「奇聞軼事」，他是知之甚少的。

因此聽到說書人提起白居易與鄰女，立即來了興致，迫不及待地聽了下去。

說是白居易幼時住在宿州符離，與鄰女湘靈青梅竹馬，及長，兩人郎情妾意，白居易常寫詩給湘靈，表達思慕，湘靈對白居易亦是癡心一片，年復一年的等著白居易娶她。

二十九歲那一年，白居易高中進士，返回符離，向母親提出要娶湘靈為妻，可白母以門不當、戶不對拒絕了。四年後，白居易做了校書郎，再次請求母親答應他和湘靈的婚事，又遭拒絕。

白居易心灰意冷，和白母嘔起了氣，白母一日不答應他和湘靈的婚事，他便一日不娶親。

直至三十七歲那一年，白母急壞了，以死要脅白居易必須成婚，白居易絕望之下，才娶了同僚的妹妹。自此後，天長地久，他與湘靈再無可能。

兩人的最後一次見面，卻是在白居易四十四歲那一年。此時白居易蒙冤被貶，於煙雨灰濛的江面上發現了湘靈的身影。

彼時湘靈已四十歲，但為了白居易仍守身不嫁，陪伴著她的，只剩她年邁的父親。白居易抱著湘靈痛哭流涕，寫下了一首〈逢舊〉。

說到這，那說書人輕撫琵琶，聲音嗚咽地唱道：「我梳白髮添新恨，君掃青娥減舊容。應被傍人怪惆悵，少年離別老相逢。」

一曲未畢，座下已有人開始輕輕拭淚，張學謹亦是有說不出的難受。雖然他年紀小，未曾經歷過多少愛恨離愁，亦明白「愛別離，求不得」乃是人生極苦的事。

他抬首往那說書人看去，說書人一臉淒然，夜風吹亂了他垂在頷下的長鬚。想起白居易與湘靈相見之時，也是這般的年紀，這般的蒼老，他心裡更加感慨。

就在這時，如雨冰涼的水滴一顆又一顆地打落在他的手背處。他側過臉，這才發現，坐在他身旁的靈兒早已淚流滿面。

「別哭。」這是他第一次見她流了這麼多眼淚，不禁有些慌了。「這只是野史，不一定是真的。」

「嗚……」靈兒被他一安慰，反而更難過，難以抑制地哭出聲來。

「靈兒。」

他抬起手正想拭去她臉上的淚，靈兒卻捂住了嘴，頭也不回地起身跑開了。

張學謹丟下銅板，趕忙追了上去。他很懊悔，早知她如此難過，他絕不答應她來聽說書。那說書人也不好，有那麼多結局皆大歡喜的故事不講，偏講個愛而不得、求而不得的悲劇。

靈兒在河邊停了下來。

從上游飄下的河燈，在河面上灑下了粼粼的火光。

張學謹看著她一顫一顫的纖弱背影，走上前去，輕拍了下她的肩膀道：「別哭了，不然以後我都不敢再和妳一塊兒聽說書了。」

她停止了哭泣，低著頭沉默了良久，忽從袖中掏出一方手帕，放到他手中。

饒是在暗處，張學謹亦能感覺到她把手帕送到他手裡時那含羞斂眉的模樣。

其實他沒有忘記，他和靈兒都長大了，只是在這之前，他不敢肯定靈兒對他到底是哪種心意。

他把手帕收了起來，放在懷中，臉上的神色瞬間成熟了起來。

「靈兒，妳放心，我不會讓妳成為第二個湘靈的。」

又是一年春，松陽鎮的桃花又開了。

靈兒知道張學謹此時正遠在京城準備參加春闈，因此每一日都起個大早，到那棵他們小時候常玩耍的樹下向文昌君祈禱。

回家時，靈兒的表姊正帶著一兒一女來串門子。

「妳呀！都十八歲了，再不嫁人，過幾年都成二十來歲的老姑娘了，到時想再找些好人家就難了。」表姊一見了她，就開始勸她。

靈兒陪著笑卻默然不語。

「哎呀！我說妳不會還在等那個張學謹吧！人家現在是舉人老爺，家都搬到城裡去了。倘若他再考中什麼狀元、榜眼，也只會娶那些要麼家裡有錢，要麼家裡有勢的官小姐，像咱這樣的小門小戶哪高攀得起人家，人家鐵定也是瞧不上妳的。」

表姊說到這，見靈兒收斂起了笑，趕緊闔了話匣子，領著孩子進屋去了。

她說的這些，靈兒何曾不懂，可她一直記得他那句「不會讓她成為第二個湘靈」。她願意相信他，哪怕是讓她再等上四年，她也無怨無悔。

京中春景甚好，百花齊放，很適宜「春風得意馬蹄疾，一日看盡長安花」。

會試連著殿試，殿試分出狀元、榜眼、探花前三甲。

張學謹此時不過才十九歲，雖未中狀元，也沒成為榜眼，卻摘下了探花。跟四十歲的狀元、三十幾歲的榜眼站在一塊兒，自是他這年輕俊兒郎最引人注目。

十幾年的寒窗苦讀，終於有了滿意的結果，除了欣喜，張學謹亦覺鬆了一口大氣——他終於不用讓靈兒再等下去了。

鄉下的女子大多十三、四、五歲就嫁人，十八歲未嫁的已算少數，再拖下去，不說別的，光是眾人的指指點點就夠讓人受的。他不想讓靈兒因為他再受那些委屈。

此次入京，除了書僮阿來，他娘孟氏也一直陪伴著他。

這一日，他從外邊回來，見孟氏笑容滿面，心情甚佳，深覺這是個好時機，便把這麼長時間以來埋藏在心裡的事跟孟氏坦白了。

孟氏聽了他的話後，臉上的笑容卻瞬間僵住了。

在張學謹的心裡，他娘一直深明大義，對他這個兒子疼愛有加，斷不會如說書人口中的白母一般固執己見，有著根深蒂固的門戶之見。

可孟氏臉上的僵硬卻讓他深感不安，不過短短須臾，張學謹卻覺如芒在背。

「謹兒，靈兒那姑娘母親也很喜歡，母親知道你們從小一塊兒長大，但少時的青梅竹馬之誼，不一定就是男女之情，況且你們這些年來，面都沒見過幾次，指不定靈兒她早就嫁人了。」孟氏語重心長道。

「不會的，靈兒會等我的，除了兒子以外，她不會嫁給別人。」

孟氏不置可否，過了半晌，才道：「母親有件事要告訴你，適才北王府派了個媒人過來，說是北王家的小郡主看上你了，母親允諾那媒人，不日便會帶著你到北王府去提親。謹兒，北王不是我們現在得罪得起的，你要以大局為重。」

這一消息於張學謹而言不亞於晴天霹靂。

孟氏見他雙唇緊抿，嘴角微微抽動，已是難過至極，緩和了語氣道：「你若真捨不得靈兒，以後，尋個時機，納為妾也是可以的。」

張學謹卻道：「若兒子執意想娶靈兒為妻呢？」

孟氏沒想到一向乖順穩重的兒子會忤逆她，霎時間急火攻心。「那你這十幾年的寒窗苦讀便會化作泡影，母親只當沒生過你這個只顧兒女私情的兒子。」

他父親早亡，孟氏為了他勞心勞力，如今竟惹得娘親如此大動肝火，張學謹趕忙給孟氏跪下。「母親息怒。」

孟氏見張學謹嚇得不輕，也是心疼，順了順氣，又是一通勸。「那小郡主年方十五，家世樣貌俱佳。你以前沒見過多少姑娘，才會覺得靈兒那丫頭好，倘你見了郡王家的姑娘，指不定一眼就喜歡上了。婚姻大事，父母之命，媒妁之言，謹兒，你萬不可行差踏錯。」

北王府的小郡主，他其實見過，那是在會考前，他帶著阿來去山上，途中下起了大雨，有個穿著粉衣的年輕女子帶著丫鬟匆匆忙忙地躲在樹下避雨。

他瞧著她們可憐，便把傘給了她們。當時他聽到那丫鬟低低喚了那女子一聲「郡主」，並沒怎麼在意，沒承想卻給自己帶來了一段孽緣。

新科探花娶了郡主，做了北王的乘龍快婿，自是錦繡前程，青雲直上。可他怎能為了功名利祿、榮華富貴，違背自己的本心，去傷害一直在家鄉癡等他的靈兒？

他想那小郡主與自己不過只有一面之緣，想嫁他大抵也是一時興起，倘他把自己的心意和她明說了，沒準她會打消想和他成親的念頭。

幾日後，他終於有了見她的機會。不比上次被淋成落湯雞的狼狽模樣，這一回的她身披錦繡，滿頭珠翠，看起來是燦若明霞。

他的母親說得對，他從前見過的女子很少，這小郡主的模樣確實比靈兒美豔俏麗。可靈兒就是靈兒，別人再好，在他心裡，也是無可取代的。

那小郡主只當張學謹是思慕自己，等不到提親那一日便來見她，卻不知張學謹拐彎抹角地說了半天，卻是告訴她，他早已有了心上人，並不打算娶她為妻。

她是北王最小的女兒，自小受盡寵愛，自認以她的出身相貌配張學謹這個新科探花綽綽有餘，從未想過張學謹居然會拒婚，一時間又羞又憤，柳眉倒豎道：「你喜歡的那個姑娘身分在我之上？」

「沒有，她只是普通的農家女。」

「她長得比我美？」

「不及郡主美。」

「她處處不如我，你卻選擇她，張學謹，你這是故意羞辱本郡主嗎？」她氣急，滿頭的珠翠也隨著她身子的顫抖發出了細碎的金屬碰撞聲。

「我選擇靈兒，是因靈兒與我青梅竹馬，兩情相悅，並非是有意羞辱郡主。」

「哼。」

他的解釋，不過只換來了她一句憤怒不解的冷哼。

看著她揚長而去的背影，張學謹忽然發現他太天真了，這位小郡主並沒有他想像中的那麼善解人意。

張學謹高中探花的消息，一早便在鎮裡傳開了。

靈兒欣喜萬分，一心盼著張學謹能早日回鄉祭祖，好與他見上一面。

這一日，她洗了衣服打河邊回來，發現家門口的大樹下拴了兩匹馬。進了家門，大廳裡坐了二男一女三個陌生人。那女的大概三十出頭，一臉和善，見了她，臉上堆滿了笑。

就在她一頭霧水時，靈兒的娘把靈兒喚到跟前，喜難自禁道：「探花老爺念舊，想見見咱們這些舊鄰居，這些人是來接咱們進京的。」

靈兒自然知道，她娘口中的探花老爺是誰，又聽聞張學謹要把她娘也接入京，想著這是為了方便「談婚論嫁」，一時間不覺紅了臉。

那位長得很慈善的女人從座而起，向她行了一禮道：「靈兒姑娘真是俊俏得很，難怪我家老爺一直惦記著呢！」

張學謹中了舉人後便舉家搬到城裡去了，他家究竟添了多少下人，她是不知道的。靈兒被能夠見到張學謹的事喜昏了頭，見這女人一臉面善，說話又和氣，一時間竟沒一絲懷疑。

她那母親見靈兒苦等張學謹多年，一直不肯嫁人，想著張學謹如今高中探花，當了大官，能娶她家靈兒，自是她家靈兒天大的福分，又加上鄉下人一貫純樸，沒見過什麼世面，也沒察覺有何不妥之處。

「還請夫人和姑娘盡快收拾，早日上路，免得讓探花郎久等。」那女人笑咪咪地催道。

就這般，靈兒和靈兒的娘踏上了前往京城的路。

在路上顛簸了半個月後，兩人終於來到了京城。

靈兒以為張學謹會來接她，可遲遲不見張學謹露面，而她們的落腳點也不是張學謹的住所，而是一家客棧。

靈兒此時終於察覺出了一絲不對勁，那女人卻和她道：「探花郎定是有要務在身，抽不開身，明兒定會親自接姑娘和老夫人入府的，姑娘暫且耐心等待。」

她初到京城人生地不熟，亦不知張學謹那邊是個什麼樣的情況，便將信將疑，耐心地等了下來。

第二日吃了午飯後，那女人偷偷地把她帶到了一旁，說是探花郎要見她。

靈兒喜出望外，穿上了張學謹最喜歡的綠色長裙，精心打扮一番後，隨那女人出了門。

馬車停在了一所園子裡。

下了馬車後，想到立即就可以見到心心念念的學謹哥哥，靈兒提起了裙襬，快步地往園子裡跑去。

八角亭中，坐了個身著紅衣，氣質十分嬌貴的姑娘。聽到腳步聲，那姑娘慢慢轉過頭來。

靈兒不由得停住了腳步，正納悶著她是來見張學謹的，這裡怎會有個姑娘？那追上來的女人，氣喘吁吁地跪到了地上道：「郡主，人帶到了。」

夜靜更深，博山爐裡，一盤安神香正靜靜燃著。

因為煩惱著和靈兒的婚事，這些日子張學謹總睡得不好，孟氏心疼他，特意給他尋來了定神助眠的安神香。

盯著繚繞的煙霧看了一會兒，張學謹漸漸進入了夢鄉。

夢裡，他回到了松陽鎮。正是桃花開的時候，紅霞滿天，整個鎮都沈浸在桃花的甜香味中。他大開著窗，坐在窗下讀書，他的靈兒穿著一襲綠衣，挎著一個竹籃，笑盈盈地來到了他的窗前，遞給他一個小木瓜。

他接過木瓜，忽想起了什麼，急忙忙地往懷裡掏去，可掏了老半天，硬是什麼都沒掏到。他記得他明明為靈兒親手磨了一塊上好的黃玉玉珮的。那玉珮磨了整整半年，卻在他想送人時不見了。

他急得額上直冒冷汗，差點哭出來。然後，他突然又想起，這玉珮他早就送給靈兒了，靈兒收下玉珮時還跟他說，她會一輩子戴著它。

他終於鬆了一口氣，抬起頭來，看著含笑望著他的靈兒道：「靈兒妹妹，妳還戴著我送妳的玉珮嗎？」

靈兒聽到他這麼問，忽變了臉色，雙眼含淚，無限哀傷地對他道：「沒有了，我把它還給你了，原是我配不上它，學謹哥哥，你要好好的。」

「不。」

看著她悲傷欲絕地轉身離開，他心裡一慟，下意識地伸出手去，卻撲了個空。

「啊……」

自驚痛中醒來，天已大亮，他舉手擦了擦額上的汗，慶幸著一切不過只是一場夢。

正待起身，卻發覺枕邊多了一樣東西——正是他送靈兒的那塊玉珮。

他忽而明白了什麼，拿起玉珮就往外跑去。

「母親，靈兒是不是來過？」他攔住了孟氏焦急地問。

孟氏點了點頭。「夜裡來過，不過早走了。」

「妳為什麼不攔著她，留下她？」

「她自己要走的。」孟氏看著兩眼發紅的兒子，柔聲寬慰道：「她確實是真心待你，她不想為難你，離開，是為了成全你。謹兒，你要明白她的苦心。」

他不明白，他不明白靈兒為什麼會知道他和小郡主的事，為什麼會到京城來，又為何要一聲不響地把玉珮還給他，更不明白他的母親為何忍心用一盤安神香斷絕了他和靈兒的見面，這可能是他們這輩子的最後一次見面了。

他瘋了一般衝出家門，騎上快馬，在京城附近四處搜尋。

京中找不到人，他便沿著返鄉的路到老家去找。

但不管他怎麼找，派了多少人去打聽，靈兒，還有靈兒的母親就像在人間蒸發了一樣，尋不到半點蹤跡。

「說，妳是不是派人把靈兒殺了？」

芙蓉樓內，北王家的小郡主正舉杯飲茶，一向行止有度、溫文爾雅的新科探花忽紅著眼，跑到了小郡主面前，指著她的鼻子怒聲質問道。

「我沒有你想的那麼惡毒。」看著張學謹氣急敗壞的模樣，她眼裡閃過了一絲心疼與不忍，但骨子裡的驕傲，卻容不得她退卻。

她抬手放下了張學謹指著她鼻子的手道：「我們來打個賭，就賭我會不會放棄你，你會不會對我動心。」

張學謹難以置信地看著她。

這位一貫嬌縱任性的郡主繼續道：「若我肯放過你，你也始終不對我動心，我便告訴你靈兒的去向，成全你們兩個。」

她這麼說，靈兒極可能是還活著的。張學謹眼裡立即閃出了一絲希望的光。

「但這個時間是長是短，卻不是我能控制的，靈兒若熬不住，在此之前嫁給了別人，你到時也別怨我。」

她說到這，卻是一笑，繼續道：「倘我不願放過你，你也對我動了心，那我們便成婚，白首偕老。靈兒在哪兒，你也無須知曉了。」

「妳說話算數？」他問。

「自是算數。」她答，一臉勝券在握。以她的身分美貌和手段，日久天長的，她不信張學謹會不拜倒在她的石榴裙下。

「好，我跟妳賭。」張學謹咬牙道。

他知道他一定會贏，他也知道只要靈兒還活著，就會一直等他。

哪怕要花上五年、十年、二十年，只要他們還活著，總會等到的。

春三月，陽光甚是暖和，到處鳥語花香，就連那孩童，一日都比一日玩得更瘋。

渺遠的天空中升起了幾只風箏，顏色絢爛的魚鷹翱翔於湛藍的天幕上，似要把人的思緒也帶走。

在孩童們歡樂的追逐聲中，一位身著綠衣、墨髮輕挽的姑娘提著個竹籃，自一戶白牆黑瓦的人家裡走了出來。她的身旁還緊跟著一隻毛髮短密的小黃狗。

自八年前離開松陽鎮去往京城後，她便和她的母親留在了這個桃源村。

桃源村不及松陽鎮大，比之松陽鎮顯得更加的安靜平和。但這裡有一點與松陽鎮一樣——四處都栽滿了桃樹。

春風一吹，桃花齊放，粉海翻滾，很容易讓她產生一種又回到了松陽鎮的錯覺。

她提著竹籃路過一戶人家，那裡軒窗大敞，窗下坐了個七、八歲的學童，正埋頭寫字。

靈兒想起許多年以前，她走過某個軒窗時，也曾無數次見過這樣的場景。

「曾經滄海難為水，除去巫山不是雲」，她越來越明白，那符離女子湘靈為何願為白居易守身不嫁了。

「靈兒，妳放心，我不會讓妳成為第二個湘靈的。」

時至今日，她還清清楚楚地記得張學謹說這句話時的情景。她很遺憾，她當時沒有鼓起勇氣告訴他，即便是成為第二個湘靈，她亦無怨無悔。

此生，應不會有再見之日。

整整八年了，他與那位明豔動人的郡主應是早就成了婚，大概膝下也有一雙兒女了吧！不知道他在夜深人靜之時，是否還會想起她這個曾陪他一塊兒長大的鄰女？

她放慢了腳步，走到一棵桑樹下，抬手摘下一顆成熟飽滿的桑葚，放進了竹籃中。

桑樹的近處亦栽了一棵桃樹，桃樹遠遠高過桑樹，被風吹落的花瓣沾在桑樹上，倒似桑樹也開了無數粉花一樣。

一陣「噠噠噠」的馬蹄聲自遠而近。

桃源村每日都有新的馬蹄聲，有新的過路人，她並不放在心上。

可那馬蹄聲在她身後驟停了，她聽到了那人下馬的聲音，還有向她走近的聲音，不由得停下了採桑葚的手。

她緩緩轉過頭來，目光定格在那人臉上的那一刻，從難以置信變成了驚喜，再從驚喜變成了狂喜。

是他，居然是他！

她居然等到了！

熱淚盈眶，嘴角一揚，她卻故意對那人道：「你來這兒做什麼？」

「娶妳。」

——全書完

2020年12月出版

洪福齊天

文創風 904~905

夢中的情景讓齊昭痛徹心扉，
卻怎麼樣都醒不過來，
幸好，這一世，還能轉圜……

再活一次 還是要天涯海角遇到妳／遲意

齊昭，京城順安王府的第五子，由順安王最寵愛的侍妾所生，
卻屢遭忌憚，最後落得娘死爹疏遠、被害扔出宮的下場。
他活了兩世，上一世在冰天雪地中被福妞所救，
他心悅福妞，卻礙於義父、義母的顧慮，只能以姊弟相稱。
經過五年的休養生息，他回京扳倒從前害他的人，登上皇位，
當他帶著大隊人馬來接福妞一家時，
卻得知義父、義母染病雙亡，奶奶做主將福妞嫁給地主兒子，
竟又被妒恨的小妾按入水井中淹死，死後也沒把屍體撈上來……
摯愛已殞，再無希冀，他一生未娶，孤獨終老，
雖日日受萬人朝拜，卻帶著巨大的遺憾撒手人寰……
重活一世，他在冰天雪地中等到了他的福妞，
只是，這一世的福妞境遇完全不同，
他能擺脫姊弟的桎梏、化解奪嫡的凶險，護福妞此世周全嗎？

紅顏彈指老，剎那芳華留／不歸客

2020年11月出版

何家好媳婦

夫君說，他離不開她，要她千萬莫拋下他一走了之，
夫君還說，若沒有她，他活著都沒滋味了，
她聽罷，當即伸出食指勾起他的下巴，痞痞地對他說——
只要你乖乖聽話，不惹我生氣，我絕不丟下你，
跟著我，保管你吃香的、喝辣的，賽神仙一般的快活啊！

文創風 900 **1**

投生在一個重男輕女的家庭中，黃四娘注定得不到爹娘的關愛，
大姊是家中第一個孩子，多少得了幾年的疼愛，
二姊和三姊是少見的雙生子，也被希罕了好一陣子，
而身為家中的第四個女兒，她自小得到的只有嫌惡及打罵，
她也知道自個兒爹不疼、娘不愛的，所以向來安分低調不惹事，
可即便這樣，親娘仍是生了將她以二十兩銀子賣掉的心思，
倘若真被賣至那煙花之地，她這輩子還有什麼盼頭？
不行，自己的命運自己扭轉，得趕緊想辦法逃離黃家這牢籠才成！

文創風 901 **2**

聽說何思遠前兩年被朝廷徵去從軍打仗，還立了戰功，即將光榮返鄉，
可這會兒，他弟弟卻在街上號哭，說他戰死了，甚至屍骨無存，
接著，她又聽見何家父母想為這早逝的大兒娶媳，以求每年有人上墳祭拜，
明知道嫁過去是守寡的，可眼下這是她逃出黃家的唯一機會了！
無暇多想，她厚著臉皮上前求何家父母相救，最終順利進入何家當寡婦，
婚後，公婆待她極好，將她當親閨女般疼愛，也相當支持她創業自立，
她不是那等不知恩圖報之人，她定會當何家的好媳婦，善待何家人，
並且，她還要賺許許多多的錢，過上闔家安康的好日子！

文創風 902 **3**

短短幾年，四娘一手創立的芳華閣已遍布整個大越朝，
芳華出產的保養品炙手可熱，連皇宮裡的后妃娘娘們都愛用，
可她不滿足於此，她還想當上皇商，畢竟誰當靠山都不及皇帝大啊！
這日，她女扮男裝出遠門巡視分鋪之時，竟巧遇了她的亡夫，
原來這人當年根本沒死，還立下汗馬功勞，只是因著戰事而未能返家團聚，
她試探地跟他說，父母已為他娶妻，豈料他竟說返家後會給妻子一筆錢和離，
四娘聞言，簡直都要氣笑了，現在是在跟她談錢嗎？她最不缺的就是銀子！
要和離就來啊，反正她也不是會乖乖在家相夫教子的人，正好一拍兩散，哼！

文創風 903 **4** 完

小夫妻倆辦了婚禮，正是新婚燕爾之時，不料西南戰事再起，
雖說這次是去平叛軍的，動靜小點，但架不住國庫空虛啊！
為了不讓夫君及軍士餓著肚子殺敵，四娘瞞著夫君偷偷前往西南做生意去了，
她為妻則強，事先找上皇帝談條件，把西南三地的所有玉脈全歸她所有，
而她則負責戰事期間的所有軍需，且日後的玉石營收還會讓皇帝入股分紅，
仔細想想，她這般有情有義又力挺夫君的媳婦，真是打著燈籠都找不著了，
可是，夫君發現她跑到西南後，居然生氣地要她想想自己到底錯在哪裡？
嗚，她就是錯在太愛他了！她要給肚子裡的娃兒找新爹，他就不要後悔！

文創風 915

安太座 下

國家圖書館出版品預行編目資料

安太座 / 月小檀著. --
初版. -- 臺北市 : 狗屋出版社有限公司, 2021.01
冊 ; 公分. --(文創風)
ISBN 978-986-509-172-9(下冊:平裝). --

857.7　　109019606

著作者　月小檀
編輯　黃淑珍　李佩倫
校對　沈毓萍
發行所　狗屋出版社有限公司
地址　台北市104中山區龍江路71巷15號1樓
電話　02-2776-5889～0
發行字號　局版台業字845號
法律顧問　蕭雄淋律師
總經銷　知遠文化事業有限公司
電話　02-2664-8800
初版　2021年1月
國際書碼　ISBN-13　978-986-509-172-9

本著作物由北京晉江原創網絡科技有限公司授權出版

定價260元
狗屋劃撥帳號：19001626
網址：love.doghouse.com.tw　E-mail：love@doghouse.com.tw